Georges Simenon, écrivain be[...]
Liège en 1903. Il décide très jeu[...]
devient journaliste à *La Gazette*[...]
divers puis des billets d'humeur consacrés aux rumeurs de sa ville.
Son premier roman, signé sous le pseudonyme de Georges Sim,
paraît en 1921 : *Au pont des Arches, petite histoire liégeoise*. En
1922, il s'installe à Paris avec son épouse peintre Régine Renchon,
et apprend alors son métier en écrivant des contes et des romans-
feuilletons dans tous les genres : policier, érotique, mélo, etc. Près
de deux cents romans parus entre 1923 et 1933, un bon millier de
contes, et de très nombreux articles...

En 1929, Simenon rédige son premier Maigret qui a pour titre :
Pietr le Letton. Lancé par les éditions Fayard en 1931, le commissaire Maigret devient vite un personnage très populaire. Simenon
écrira en tout soixante-douze aventures de Maigret (ainsi que plusieurs recueils de nouvelles) jusqu'à *Maigret et Monsieur Charles*,
en 1972.

Peu de temps après, Simenon commence à écrire ce qu'il appel-
lera ses « romans-romans » ou ses « romans durs » : plus de cent
dix titres, du *Relais d'Alsace* paru en 1931 aux *Innocents*, en 1972,
en passant par ses ouvrages les plus connus : *La Maison du canal*
(1933), *L'homme qui regardait passer les trains* (1938), *Le Bourg-
mestre de Furnes* (1939), *Les Inconnus dans la maison* (1940), *Trois
Chambres à Manhattan* (1946), *Lettre à mon juge* (1947), *La neige
était sale* (1948), *Les Anneaux de Bicêtre* (1963), etc. Parallèlement
à cette activité littéraire foisonnante, il voyage beaucoup, quitte
Paris, s'installe dans les Charentes, puis en Vendée pendant la
Seconde Guerre mondiale. En 1945, il quitte l'Europe et vivra aux
Etats-Unis pendant dix ans ; il y épouse Denyse Ouimet. Il regagne
ensuite la France et s'installe définitivement en Suisse. En 1972,
il décide de cesser d'écrire. Muni d'un magnétophone, il se
consacre alors à ses vingt-deux *Dictées*, puis, après le suicide de
sa fille Marie-Jo, rédige ses gigantesques *Mémoires intimes* (1981).
Simenon s'est éteint à Lausanne en 1989. Beaucoup de ses romans
ont été adaptés au cinéma et à la télévision.

Paru dans Le Livre de Poche :

LES COMPLICES
LA DISPARITION D'ODILE
EN CAS DE MALHEUR
L'ENTERREMENT DE MONSIEUR BOUVET
LES FANTÔMES DU CHAPELIER
LES FIANÇAILLES DE M. HIRE
LA FUITE DE MONSIEUR MONDE
LE GRAND BOB
L'HORLOGER D'EVERTON
LA JUMENT-PERDUE
LETTRE À MON JUGE
LA MAISON DU CANAL
LA MORT DE BELLE
L'OURS EN PELUCHE
LE PASSAGER CLANDESTIN
PEDIGREE
LE PETIT HOMME D'ARKHANGELSK
LE PRÉSIDENT
LES QUATRE JOURS DU PAUVRE HOMME
LE RELAIS D'ALSACE
STRIP-TEASE
LA TÊTE D'UN HOMME
TROIS CHAMBRES À MANHATTAN

GEORGES SIMENON

Le Coup de lune

PRESSES DE LA CITÉ

1

Avait-il une seule raison grave de s'inquiéter ?
Non. Il ne s'était rien passé d'anormal. Aucune
menace ne pesait sur lui. C'était ridicule de
perdre son sang-froid et il le savait si bien qu'ici
encore, au milieu de la fête, il essayait de réagir.

D'ailleurs, ce n'était pas de l'inquiétude à pro-
prement parler et il aurait été incapable de dire
à quel moment l'avait pris cette angoisse, ce
malaise fait d'un déséquilibre imperceptible.

Pas au moment de quitter l'Europe, en tout
cas. Au contraire, Joseph Timar était parti bra-
vement, rouge d'enthousiasme.

Lors du débarquement à Libreville, du premier contact avec le Gabon ? Le navire s'était
arrêté en rade, si loin qu'on ne voyait de la terre
qu'une ligne blanche, le sable, surmontée de la
ligne sombre de la forêt. Il y avait de grandes
houles grises qui soulevaient la vedette et
l'envoyaient heurter la coque du paquebot.
Timar était seul au bas de la coupée, avec l'eau
sous ses pieds, guettant le canot qui s'approchait une seconde pour repartir avec la lame.

Un bras nu, le bras d'un nègre, l'avait happé. Et ils s'étaient éloignés, le nègre et lui, en bondissant par-dessus les crêtes. Plus tard, peut-être un quart d'heure, peut-être plus, alors que le navire sifflait déjà, on accostait une jetée en cubes de béton jetés pêle-mêle les uns sur les autres.

Là, il n'y avait même pas un nègre. Personne n'attendait personne. Rien que Timar au milieu de ses malles !

Mais ce n'est pas à ce moment que l'inquiétude était née. Il s'était débrouillé. Il avait hélé un camion qui passait et qui l'avait conduit au *Central*, l'unique hôtel de Libreville.

Un bon moment que celui-là, parce qu'il y avait du pittoresque ! C'était bien africain ! Dans le café, aux murs ornés de masques nègres, où il mettait en marche un phonographe à pavillon tandis que le boy lui versait du whisky, Timar se sentait colon !

Quant à l'incident principal, il avait été plus drôle que dramatique. Bien colonial aussi ! Or, Timar était enchanté par tout ce qui portait le cachet colonial.

Grâce à un de ses oncles, on l'avait engagé à la Sacova. L'administrateur de la société en France lui avait annoncé qu'il vivrait en pleine forêt, quelque part du côté de Libreville, coupant du bois et vendant de la pacotille aux indigènes.

A peine débarqué, Timar se précipitait vers une factorerie miteuse surmontée du mot *Socova*. Il s'avançait, la main tendue vers un personnage mélancolique ou dégoûté qui regardait cette main sans y toucher.

— Le directeur ?... Enchanté ! Je suis le nouvel employé...

— Employé de quoi, de qui, à quoi ? Que venez-vous faire ici ? Pas besoin d'employé, moi !

Eh bien, Timar n'avait pas bronché ! C'est le directeur qui s'était étonné. Les yeux ronds derrière les verres qui les rendaient énormes, il était devenu presque poli. Son discours avait eu de vagues allures de confidences.

Toujours la vieille histoire ! Les bureaux de France qui se mêlent de diriger les affaires coloniales ! Le poste qu'on avait promis à Timar ? Il était à dix jours de pinasse, tout au fond de la rivière ! Or, premièrement, la pinasse était défoncée, incapable de tout service avant un mois ; deuxièmement, le poste était occupé par un vieux fou qui avait promis des coups de fusil au premier remplaçant qu'on lui enverrait.

— Tirez votre plan ! Moi, ça ne me regarde pas !

Il y avait quatre jours de cela, quatre jours que Joseph Timar était en Afrique. Il connaissait Libreville mieux que La Rochelle, où il était né : un long quai de cendrée rouge, bordé de cocotiers, avec le marché indigène en plein vent et une factorerie tous les cent mètres ; puis quelques villas, à l'écart, dans la verdure.

Il avait vu la pinasse au fond crevé. Personne n'y travaillait. Personne n'avait d'ordre à ce sujet. Il n'avait pas osé en donner, lui, Timar, nouveau venu, qui était en quelque sorte en surnombre.

Il avait vingt-trois ans. Ses manières de jeune homme bien élevé faisaient rire jusqu'aux boys qui le servaient à table.

Aucune raison d'inquiétude ? Mais si ! La raison, il la connaissait, et s'il récapitulait ainsi toutes les mauvaises raisons c'était pour retarder le moment d'arriver à la bonne.

La raison, elle était là, comme éparse autour de lui, à l'hôtel. C'était l'hôtel même. C'était...

Il avait été séduit par l'aspect extérieur du *Central*, une construction jaune, en retrait du quai, à cinquante mètres des cocotiers, au milieu d'un fouillis de plantes curieuses.

La salle principale, à la fois café et restaurant, avait des murs très clairs, aux tons de pastel qui rappelaient la Provence, et un bar d'acajou verni, des hauts tabourets et des cuivres qui donnaient la sensation du confort.

C'est là que les célibataires de Libreville prenaient leurs repas. Chacun avait sa table, son rond de serviette.

A l'étage, les chambres n'étaient jamais occupées. Des pièces vides et nues, couleur pastel aussi, des lits surmontés de moustiquaires et, au hasard, un vieux broc, une cuvette fêlée, une malle vide.

Partout en haut, en bas, des persiennes closes découpant le soleil, si bien que la maison tout entière n'était que rais d'ombre et de lumière.

Les bagages de Timar étaient des bagages de

jeune homme de bonne famille et ils faisaient un drôle d'effet, par terre, dans la chambre. Il n'avait pas l'habitude de se laver dans une petite cuvette, ni surtout, pour d'autres soins, de s'enfoncer dans un buisson.

Il n'avait pas l'habitude de toutes les bêtes qui grouillaient, mouches inconnues, scorpions volants, araignées velues.

Et ce fut la première attaque du malaise sournois qui allait le poursuivre avec la ténacité d'une nuée d'insectes. Le soir, sa bougie éteinte, il continua à voir, malgré l'obscurité, la cage blême de la moustiquaire. Au-delà du tulle, il sentait un vide immense que traversaient des frôlements, des bruits à peine distincts, des vies ténues qui, parfois, se posaient — scorpion, moustique, araignée ? — sur le tissu transparent.

Et lui, couché au milieu de cette cage molle, essayait de suivre les sons, les frémissements de l'air, de repérer les silences subits.

Brusquement, il s'était dressé sur les coudes. Mais c'était le matin. Les rais de soleil étaient déjà là et la porte venait de s'ouvrir. La patronne de l'hôtel, souriante et calme, le regardait.

Timar était nu. Il s'en apercevait soudain. Ses épaules et son torse émergeaient, pâles et moites, des draps fripés. Pourquoi était-il nu ? Il faisait un effort pour se souvenir.

Il avait eu chaud. Il avait beaucoup transpiré. Il avait cherché en vain des allumettes, parce qu'il lui semblait que des bêtes insaisissables gravitaient sur sa peau.

C'est alors, au milieu de la nuit sans doute,

9

qu'il avait retiré son pyjama. Si bien que, maintenant, la patronne voyait sa peau blême, ses côtes qui saillaient. Elle refermait la porte, avec une tranquillité stupéfiante. Elle demandait :

— Vous avez bien dormi ?

Le pantalon de Timar était par terre. Elle le ramassait, le secouait pour en faire tomber la poussière et le posait sur la chaise.

Timar n'osait pas se lever. Son lit sentait la sueur. Il restait de l'eau sale dans la cuvette et le peigne avait des dents cassées.

Pourtant, il n'avait pas envie de voir partir cette femme en robe de soie noire qui lui souriait, d'un sourire à la fois très doux et très ironique.

— Je venais vous demander ce que vous prenez, le matin. Du café ? Du thé ? Du chocolat ? C'est votre mère qui vous éveillait, en Europe ?

Elle avait écarté la moustiquaire et elle se moquait de lui. Elle raillait, du bout des dents, peut-être avec une envie physique de mordiller.

De mordiller parce qu'il était différent des colons, parce qu'il sentait encore le lit, l'adolescence bien soignée.

Elle n'était pas provocante. Elle n'était pas maternelle non plus. Et, cependant, il y avait de ceci et de cela. Il y avait surtout une sensualité sourde, qui imprégnait des pieds à la tête sa chair potelée de femme de trente-cinq ans.

N'était-elle pas nue sous la soie noire de la robe ? Timar, malgré sa gène, se posait la question.

En même temps naissait en lui un désir aigu et les choses les plus étrangères à ce désir ne fai-

10

saient que le renforcer, comme ces rais de lumière et d'ombre, comme la moiteur animale du lit et jusqu'à ce sommeil agité qu'il avait eu, entrecoupé de frayeurs inconscientes et de tâtonnements dans le noir.

— Tiens ! vous avez été piqué.

Assise au bord du lit, elle posait un doigt sur la poitrine nue, un peu au-dessus du sein, touchait une petite tache rouge et regardait Timar dans les yeux.

Voilà ce qui s'était passé, et le reste, très vite, très mal, sous le signe du désordre et de la maladresse. Elle en avait été aussi étonnée que lui, confuse à coup sûr, et tandis qu'elle arrangeait ses cheveux devant le miroir, elle avait dit :

— Thomas va vous apporter votre café.

Thomas, c'était le boy. Pour Timar, ce n'était encore qu'un nègre, car il était trop nouveau en Afrique pour distinguer les noirs les uns des autres.

Quand il était descendu, une heure plus tard, la patronne était assise derrière le bar et faisait du crochet, avec de la soie d'un rose vulgaire. Il n'y avait plus trace de leur intimité brutale et forcenée. Elle était calme, sereine. Elle souriait, comme toujours.

— A quelle heure déjeunerez-vous ?

Il ne savait même pas son nom ! Il était surexcité. Il gardait un souvenir tiède, et surtout une sensation de peau douce, de chair pas très ferme et pourtant savoureuse. Une petite négresse apportait des poissons et la patronne choisissait, sans un mot, prenait les plus beaux, jetait dans le panier quelques pièces de monnaie.

De la cave surgissait le torse du mari, puis tout son corps puissant, mais fatigué. C'était un colosse aux gestes mous, à la bouche dégoûtée, au regard bilieux.

— Vous étiez ici ?

Et Timar rougissait comme un imbécile qu'il était ! Cela durait depuis trois jours. Seulement elle ne montait plus dans sa chambre, le matin. De son lit, il l'entendait aller et venir dans la salle, donner des ordres à Thomas, acheter des provisions aux nègres qui se présenta:ent.

De l'aube à la nuit, elle portait la même robe de soie noire sous laquelle il savait maintenant qu'elle était nue et ce détail le troublait au point que, souvent, il devait détourner le regard.

Il n'avait rien à faire dehors. Il restait là presque toute la journée, à boire n'importe quoi, à parcourir des journaux vieux de trois semaines ou à jouer tout seul au billard.

Elle faisait du crochet, servait des gens qui s'accoudaient un moment au comptoir. Le mari s'occupait de sa bière et de ses bouteilles, rangeait ses tables et, de temps en temps, envoyait Timar s'asseoir dans un autre coin, avec l'air de le considérer comme un objet encombrant.

Tout cela avait quelque chose d'exaspéré, de hargneux, de sombre en dépit du soleil, surtout aux heures lourdes, quand la peau devenait moite rien que d'étendre le bras !

A midi et le soir, les habitués venaient prendre leur repas, faire leur billard. Timar ne les connaissait pas. Ils le regardaient curieusement, sans bienveillance ni antipathie. Et lui n'osait pas leur adresser la parole.

Enfin, il y avait eu la fête ! Elle battait son plein ! Dans une heure, tout le monde serait ivre, même Timar, qui buvait tout seul son champagne !

L'artiste s'appelait Manuelo. Il devait être arrivé à l'hôtel quand Timar était encore couché ou sorti. Toujours est-il que Timar l'avait trouvé là, vers onze heures du matin, souriant, familier, comme chez lui, collant sur les colonnes du café des affiches qui annonçaient que Manuelo était la plus grande danseuse espagnole.

Un petit homme souple et charmant. Déjà il s'entendait très bien avec la patronne, non comme un homme s'entend avec une femme, mais comme des femmes s'entendent entre elles.

Dès midi, on avait changé l'ordonnance des tables afin de réserver assez de place pour les danses de Manuelo. On avait tendu des guirlandes de papier de couleur, essayé le phonographe.

Des heures durant, dans sa chambre, l'Espagnol avait répété son numéro, en martelant le plancher qui tremblait.

Est-ce parce qu'on troublait un rythme auquel il était déjà habitué que Joseph Timar était grognon ? Il était sorti, malgré le soleil, et il avait senti chauffer son crâne sous le casque. Des négresses l'avaient regardé en riant.

Le dîner des habitués avait été vite expédié,

toujours à cause de la fête. Puis des gens étaient venus du dehors, des blancs que Timar n'avait jamais vus, des blancs et des blanches, des femmes en robe de soirée et deux Anglais en smoking.

Le champagne avait envahi toutes les tables. Dehors, il y avait eu soudain dans l'obscurité, derrière les portes et les fenêtres, des centaines de nègres silencieux.

Manuelo dansait, tellement femme qu'il n'en était que plus équivoque. La patronne était au bar. Maintenant, Timar savait son nom : Adèle ! Tout le monde l'appelait ainsi. La plupart des clients la tutoyaient. Il devait être le seul à l'appeler madame. Toujours en noir, toujours nue sous la soie, elle s'était approchée.

— Champagne ? Cela vous est égal de prendre du Pieper ? Je n'ai plus que quelques bouteilles de Mumm et les Anglais ne veulent rien d'autre.

Cela lui avait fait plaisir, l'avait même ému. Alors, pourquoi, quelques minutes plus tard, avait-il un visage crispé ?

Manuelo avait fait quelques danses. Le patron — tout le monde le tutoyait aussi et l'appelait Eugène — était allé s'asseoir dans un coin, près du phono, l'air plus grincheux que jamais. N'empêche qu'il surveillait tout, entendait tout, appelait les boys.

— Tu ne vois pas, idiot, qu'il y a là-bas des gens qui réclament à boire ?

Puis, avec une douceur inattendue, il changeait l'aiguille du phonographe. Timar, lui aussi, tendait l'oreille, cueillait des bribes de phrases, essayait de comprendre. Mais c'était presque impossible. Par exemple, à la table voisine, on appelait monsieur le procureur un grand jeune homme assez vulgaire qui ressemblait à un étudiant de troisième année et qui en était à son dixième whisky. Des coupeurs de bois racontaient :

— ... Du moment qu'il n'y a pas de traces, c'est sans danger. Or, c'est facile : tu mets une serviette mouillée sur le dos. Après ça, tu peux taper. La chicote ne marque pas !

Le dos du nègre, évidemment !

Timar avait-il déjà bu toute une bouteille ? On la lui changeait. On remplissait son verre. Il apercevait une partie de la cuisine et, à ce moment précis, la patronne frappait de son poing fermé le visage de Thomas. Qu'est-ce que cela signifiait ? Le nègre ne bronchait pas, recevait les coups, immobile, le regard fixe.

Les mêmes disques passaient dix fois. Quelques couples dansaient. La plupart des clients avaient retiré leur veston.

Dehors, il y avait toujours cette haie de nègres silencieux qui regardaient s'amuser les blancs.

Près du phono, le patron, les traits si tirés, le regard si dur que le masque en devenait tragique.

Que se passait-il ? Rien, évidemment ! Timar avait eu tort de boire trop de champagne et du coup toutes ses petites inquiétudes, toutes ses mauvaises impressions des derniers jours remontaient à la surface.

Il avait envie de dire quelque chose à Adèle, n'importe quoi, simplement pour prendre contact avec elle. Il cherchait son regard. Il la suivait des yeux. Il ne parvenait pas à rencontrer les siens. Pourtant, elle s'approchait, appelée à une table. Elle passait tout près de lui et il osait arrêter un bout de sa robe entre deux doigts.

Un temps d'arrêt. Un coup d'œil. Une phrase :

— Qu'attends-tu pour faire danser la femme de ton patron ? Il suivit la direction du menton et vit une grosse ménagère en robe rose, à côté du gérant de la Sacova. Pourquoi Adèle lui avait-elle dit ça ? Et si nerveusement ? Etait-elle jalouse ? Il n'osait pas l'espérer. D'ailleurs, il n'avait regardé aucune femme.

Elle parlait aux clients avec son sourire habituel. Mais elle ne regagnait pas la caisse. Elle marchait vers le fond du café, vers la porte donnant sur la cour. Personne ne la remarquait, sinon Timar qui vidait sans le savoir une nouvelle coupe.

— Je suis bête ! Comme si je pouvais espérer être le seul !

Il aurait donné gros, à ce moment, pour la tenir dans ses bras, toute chaude, avec sa chair presque fluide, sa taille qui, un instant, avait ployé jusqu'à l'invraisemblance.

Combien de minutes passèrent ? Cinq ? Dix ? Le patron, tragique, remontait le phono et Timar remarqua qu'il avait à côté de lui une bouteille d'eau minérale.

Adèle ne revenait pas. Eugène, qui s'était

16

peut-être aperçu de son absence, cherchait quelqu'un des yeux.

Timar se leva, hésitant, étonné de se sentir si vague, traversa la salle en biais. Il atteignit la petite porte, la cour, une autre porte qui ouvrait sur la campagne et quelqu'un qui accourait le heurta. C'était Adèle.

— Enfin !... balbutia-t-il.

— Laisse-moi passer, imbécile !

L'obscurité était complète. On entendait la musique. La robe noire disparut et il resta là, désemparé, vexé, triste.

L'horloge marquait trois heures. Manuelo avait, depuis longtemps, fini ses danses et fait la quête. Redevenu homme, il buvait de la menthe verte à une table en parlant de ses succès à Casablanca, à Dakar et au Congo belge.

Adèle, au comptoir, remplissait des verres, le front plissé par l'attention qu'elle apportait à ce travail.

Le procureur, au bar, entre les deux Anglais, était ivre et sarcastique.

Beaucoup de gens étaient partis. Deux tables de coupeurs de bois mangeaient des sandwiches et buvaient de la bière.

— Assez de musique ! hurla l'un d'eux. Ferme ça, Eugène, et viens boire avec nous !

Le patron se leva. Ses lèvres avaient un drôle de pli. Il regarda le café sale, les serpentins qui jonchaient le sol, les verres vides, les nappes tachées et ses yeux brillaient comme sous le coup de la fièvre. Tandis qu'il marchait vers la porte, il semblait pris de vertige et il balbutia en fonçant devant lui :

— Je reviens tout de suite !

Adèle comptait des billets qu'elle serrait, par liasses, avec des élastiques.

Timar, vanné, vidé, écœuré, finissait machinalement sa bouteille, et personne n'eût pu dire ensuite combien de temps le patron fut absent.

Quand on le vit revenir, il paraissait plus grand, plus volumineux, mais si mou qu'il en devenait clownesque.

Il resta debout dans l'encadrement de la porte, appela :

— Adèle !

Sa femme le regarda, continua de compter les billets.

— Le docteur est parti ? Fais-le chercher en vitesse !

Un grand silence. Puis la voix :

— Où est Thomas ? Je ne vois pas Thomas.

Timar le chercha des yeux, et les autres aussi. Il n'y avait là que les deux jeunes boys engagés pour la fête.

— Tu n'es pas dans ton assiette, risqua un coupeur de bois.

Le patron le fixa comme un homme qui va en étrangler un autre.

— Fermez la boîte ! articula-t-il. Compris ? Que le docteur vienne, s'il n'est pas trop saoul. Je suis quand même foutu ! Bilieuse hématurique !...

Timar ne comprenait pas. Mais les clients devaient comprendre, eux, car ils se levaient, en désordre.

— Eugène !... Tu...

La voix d'Eugène était lasse.

— Foutez-moi la paix ! Fermez la boîte !

Et il disparut dans le corridor. Une porte claqua. On entendit le bruit d'une chaise que l'on renverse d'un coup de pied.

Adèle, toute pâle, avait levé la tête. Elle écoutait quelque chose, une rumeur qui se rapprochait, se précisait. Un groupe de quatre ou cinq nègres s'arrêta à la porte.

Timar ne comprit pas davantage les paroles qui s'échangeaient, rares, arrachées aux gosiers syllabe par syllabe.

Il entendit seulement un des coupeurs de bois, un borgne, qui traduisait :

— On vient de découvrir le cadavre de Thomas, qui a été tué d'un coup de revolver, à deux cents mètres d'ici.

On frappait des coups au plancher de l'étage, avec une canne. C'était Eugène, là-haut, qui s'impatientait et qui finit par se lever, par ouvrir la porte de sa chambre pour crier dans l'escalier :

— Adèle !... Vas-tu me laisser crever comme ça, nom de Dieu ?...

2

Quand Timar s'éveilla, il était entortillé dans la moustiquaire arrachée et il y avait du soleil plein la chambre. Mais ici, il y avait du soleil tous les jours et c'était un soleil sans gaîté.

Assis sur son lit, il écouta les bruits de la maison. Quatre ou cinq fois durant la nuit, il avait entendu, à travers un sommeil haché, des allées et venues, des chuchotements, des bruits d'eau qu'on verse dans un broc de faïence heurtée.

La patronne l'avait fait monter dans sa chambre, tout comme elle avait fait sortir les autres, dès l'arrivée du médecin.

— Si vous avez besoin de moi, avait-il balbutié avec une insistance ridicule.

— Oui ! Entendu ! Allez vous coucher !

Le mari était-il mort, ainsi qu'il l'avait annoncé ? En tout cas, on balayait la salle du café. En entrouvrant sa porte, Timar entendit la voix d'Adèle qui disait :

— Il ne reste plus de gruyère ? A la factorerie non plus ? Tu ouvriras un zinc de haricots verts. Attends ! Comme dessert, des bananes et des abricots, ceux de la rangée de droite. Tu as compris, brute ?

Elle n'élevait pas la voix. Elle n'était pas de mauvaise humeur. Mais c'est toujours ainsi qu'elle parlait aux nègres.

Quand, quelques minutes plus tard, sans s'être rasé, Timar descendit, il la trouva à la caisse, classant des bons, et autour d'elle la salle était déjà propre et dans l'ordre habituel. Adèle était nette. Sa robe noire n'était pas fripée. Ses cheveux étaient bien peignés.

— Quelle heure est-il ? murmura-t-il, dérouté.

— A peine neuf heures.

Et la crise du patron avait commencé à quatre heures du matin ! A ce moment, le café était sale, en désordre. Adèle ne s'était pas couchée et voilà qu'elle avait déjà fait le menu du déjeuner, s'était inquiétée du fromage et des fruits !

Quand même, elle était plus pâle que d'habitude. Il y avait surtout, sous les yeux, un cerne très mince qui suffisait à changer son regard. Par contre, on devinait toujours les seins nus sous la robe et Timar rougit sans savoir pourquoi.

— Votre mari va mieux ?

Elle le regarda avec étonnement, parut se rappeler qu'il n'était à la colonie que depuis quatre jours.

— Il ne passera pas la journée.

— Où est-il ?

Elle montra le plafond. Il n'osa pas demander si le moribond était seul, mais elle devina sa pensée.

— Il a commencé à dérailler. Il ne se rend

22

plus compte de rien. A propos, il y a un papier pour vous.

Elle le chercha sur le comptoir, le lui tendit : un petit papier officiel priant le nommé Timar de se présenter le plus tôt possible au commissariat de police.

Une négresse entrait, portant un panier d'œufs. La patronne lui adressa un signe négatif.

— Vous feriez mieux d'y aller avant qu'il ne fasse trop chaud.

— Qu'est-ce que vous croyez que...

— Vous verrez bien !

Elle n'était pas inquiète. Le café, comme elle, était semblable à ce qu'il était les autres matins.

— Après la jetée, tournez à droite, juste avant d'arriver aux Chargeurs Réunis... Votre casque !...

Il se faisait peut-être des idées. Pourtant, il aurait juré que les nègres, ce matin-là, avaient des attitudes équivoques. Certes, au marché, c'étaient les criailleries habituelles dans le chatoiement des pagnes. Mais tout à coup, parmi la foule, un regard lourd se fixait sur le blanc, ou encore c'étaient trois ou quatre indigènes qui se taisaient et détournaient la tête.

Joseph Timar hâtait le pas, bien qu'il fût en nage. Il se trompa de chemin et arriva devant la villa du gouverneur, dut faire demi-tour, aperçut enfin, au haut d'un chemin mal tracé, une bicoque précédée d'un écriteau :

Commissariat de police

C'était mal écrit, à la peinture blanche, et les deux *s* de commissariat étaient tracés à l'envers.

23

Des nègres en uniforme de policier étaient assis sur les marches de la véranda, pieds nus. Une machine à écrire cliquetait dans l'ombre de la maison.

— Le commissaire, s'il vous plaît ?

— Ton papier...

Timar chercha sa convocation, attendit, debout sous la véranda, puis fut appelé dans un bureau dont les persiennes étaient closes.

— Asseyez-vous ! Vous êtes Joseph Timar ?

Dans la pénombre, il distinguait enfin un homme au visage sanguin, aux yeux saillants soulignés de poches.

— Quand êtes-vous arrivé à Libreville ? Asseyez-vous !

— Je suis arrivé par le dernier bateau, mercredi.

— Vous n'êtes pas, par hasard, parent du conseiller général Timar ?

— C'est mon oncle.

Du coup, le commissaire se leva et, repoussant sa chaise, tendit une main molle, répéta sur un tout autre ton :

— Asseyez-vous ! Il habite toujours Cognac ? J'ai été pendant cinq ans inspecteur dans cette ville.

Timar se trouva soulagé. Car, au début, dans cette pièce sombre, mal aménagée, il avait eu des velléités de révolte ou de découragement. Il y avait cinq cents blancs, en tout, à Libreville. Des gens qui s'imposaient une vie âpre, parfois périlleuse, pour ce qu'en France on appelle avec emphase la mise en valeur des colonies.

Or, à peine débarqué, on était convoqué par

un commissaire de police et rudoyé comme un indésirable !

— Un homme de valeur, votre oncle ! Il sera sénateur quand il le voudra. Mais vous, qu'êtes-vous venu faire ici ?

C'était au tour du commissaire d'être étonné, si sincèrement étonné que Timar en fut inquiet.

— J'ai signé un contrat avec la Sacova.

— Le directeur s'en va ?

— Non pas ! Je dois, théoriquement, occuper le poste de la rivière, mais...

Ce n'était plus de l'étonnement. C'était une stupeur attristée.

— Votre oncle le sait ?

— C'est lui qui m'a obtenu cette place. Un de ses amis est administrateur de...

Timar était toujours assis. Le commissaire tournait autour de lui en l'observant avec inté-rêt. Parfois des rais de lumière l'éclairaient et on s'apercevait que la lèvre supérieure était fendue et que le visage, comme la silhouette, était plus mâle qu'il ne paraissait au premier abord.

— C'est une drôle d'idée ! Enfin, nous en reparlerons ! Vous connaissiez les Renaud avant de venir ?

— Les Renaud ?

— Les patrons du *Central*... A propos, il n'est pas encore mort ?

— Il paraît qu'il ne passera pas la matinée.

— Parbleu ! Et...

Timar découvrait soudain ce qui le gênait, en dépit de la cordialité du fonctionnaire. C'est que celui-ci, tout en allant et venant à travers le bureau, le regardait de la même façon à peu près qu'Adèle.

Un mélange d'étonnement, de curiosité, voire d'une pointe de tendresse.

— Vous prendrez bien un whisky ?

Sans attendre la réponse, il commanda l'alcool à un des boys de la véranda.

— Bien entendu, vous n'en savez pas plus que les autres sur ce qui s'est passé cette nuit...

Timar rougit et le commissaire s'en aperçut. Timar rougit davantage et son interlocuteur prit la bouteille d'alcool des mains du nègre, remplit les verres, tout en soufflant comme un homme accablé par la chaleur.

— Vous n'ignorez pas qu'on a descendu un nègre, à moins de deux cents mètres de l'hôtel. Je quitte le gouverneur. C'est une sale affaire, une très sale affaire !

On tapait toujours à la machine dans la pièce voisine et, la porte étant restée entrouverte, Timar constata que le dactylographe était noir.

— A votre santé ! Vous ne pouvez pas comprendre ! Mais, pendant les jours qui vont suivre, vous vous rendrez compte petit à petit. Je vous avais fait venir pour vous questionner comme les autres. Tous me diront la même chose, c'est-à-dire qu'ils ne savent rien. Une cigarette ? Non ? Il faudra que vous déjeuniez, un jour, avec nous et que je vous présente à ma femme. Elle est du Calvados, mais elle aussi a connu votre oncle, à Cognac.

Timar se détendait, finissait par apprécier cette pénombre qui l'avait indisposé au début. Le whisky aidait à le remettre d'aplomb. Enfin,

26

le commissaire, qui l'avait sans doute assez observé, le regardait moins. Il risqua une question.

— Les Renaud, dont vous parliez tout à l'heure, qu'est-ce que c'est ?

— On ne vous l'a pas dit ? Il y a quinze ans qu'Eugène Renaud est interdit de séjour. Traite des blanches, surtout, mais, sans doute, quelques peccadilles par surcroît. Ils sont quelques-uns dans le même cas, à Libreville.

— Et sa femme ?

— C'est sa femme ! Tout ce qu'il y a de plus régulier. Elle était déjà avec lui à cette époque-là. Ils travaillaient surtout dans le quartier des Ternes. Videz votre verre !

Timar le vida par trois fois, peut-être quatre. Le commissaire en fit autant et finit par être très bavard. Sans un coup de téléphone du procureur, qui l'appelait d'urgence, la conversation eût duré longtemps encore.

Quand Timar sortit, le soleil tombait d'aplomb, si lourd qu'après une centaine de mètres il eut peur. Sa nuque brûlait. Il ne digérait pas le whisky et il pensait à l'hématurie d'Eugène Renaud, à d'autres histoires qu'il venait d'entendre.

Il pensait surtout à Adèle qui, alors que lui-même avait sept ans, aidait déjà Renaud à racoler des filles pour l'Amérique du Sud. Elle l'avait suivi au Gabon, à une époque où il n'y avait sur la côte que des bicoques de planches ! Ils s'étaient enfoncés dans la forêt et, seuls blancs à des journées et des journées de pirogue, ils avaient entrepris de couper du bois et de lui faire descendre la rivière !

Pour Timar, cela se traduisait par des images naïves qui mêlaient aux illustrations de Jules Verne des bribes de réalité. Il suivait la longue route de terre rouge qui longe la mer et il voyait les cocotiers se dessiner moitié sur le ciel, moitié sur le gris plomb des flots. Il n'y avait pas une vague, à peine un repli, comme l'ourlet d'une lèvre, le long de la plage. Des pagnes colorés, des hommes demi-nus entouraient les pirogues des pêcheurs qui venaient de rentrer.

La rivière était là-bas, à un kilomètre à peine, au fond, de la baie. Seulement, aux temps héroïques d'Adèle et d'Eugène, il n'y avait pas, dans la verdure, les toits rouges des factoreries, des bureaux du Palais du gouvernement.

Elle devait porter des bottes, une cartouchière, sûrement pas une robe de soie sur sa peau nue.

Tout en marchant, il cherchait l'ombre, mais il y faisait aussi chaud qu'au soleil. C'était l'air qui brûlait les objets, les vêtements eux-mêmes qui étaient chauds au toucher. Et, jadis, il n'y avait ni murs de briques, ni glace pour rafraîchir la boisson !

Après huit ans, Adèle et Renaud étaient retournés en France, avec six cent mille francs et, en dépit de l'interdiction de séjour, ils les avaient dépensés — le commissaire disait « claqués » — en quelques mois.

A quoi ? Quelle vie avaient-ils menée ? Dans quels lieux un Timar, à peine pubère, avait-il risqué de les rencontrer ?

Ils étaient revenus. Ils avaient repris la forêt. L'homme avait eu deux crises d'hématurie et c'était Adèle qui l'avait soigné.

Depuis trois ans seulement ils avaient acheté le *Central*.

Timar avait tenu cette femme dans ses bras, un matin, au bord du lit moite.

Il n'osait pas retirer son casque pour s'éponger. Il était midi et il était seul, rigoureusement seul, à suivre la route incendiée.

Le commissaire lui avait raconté d'autres histoires, sans s'indigner, en grognant seulement quand il trouvait que les gens exagéraient.

C'était le cas du planteur qui, un mois auparavant, croyant que son cuisinier avait tenté de l'empoisonner, l'avait pendu par les pieds au-dessus d'une cuvette d'eau. De temps en temps, il donnait du mou à la corde et la tête trempait dans la cuvette. En fin de compte, il avait oublié, pendant un bon quart d'heure, de remonter le nègre qui était mort.

Le procès était en cours. La Société des Nations intervenait. Et voilà qu'un autre indigène était assassiné !

— On ne les sauvera pas ! avait déclaré le commissaire.

— Qui ?

— Les assassins.

— Et les autres fois ?...

— On arrive presque toujours à arranger les choses.

Qu'est-ce qu'Adèle était allée faire, la nuit de la fête, hors de la maison ? Et pourquoi, quelques heures avant, avait-elle frappé Thomas au visage ?

Timar n'en avait pas parlé. Il n'en parlerait pas. Mais d'autres ne l'avaient-ils pas vue revenir du dehors ?

Voilà qu'il se trompait encore de chemin, qu'il devait revenir sur ses pas. Enfin, il entrait à l'hôtel où, ce midi, les bruits de fourchettes n'étaient pas accompagnés du murmure ordinaire des conversations. Tout le monde le regardait. Il remarquait, lui, qu'Adèle n'était pas là et il allait s'asseoir à sa table.

Le boy était un nouveau boy, tout jeune. On tirait Timar par la manche et, en se retournant, il apercevait un des coupeurs de bois, le plus fort, qui avait une tête et une silhouette de boucher.

— Ça y est !

— Quoi ?

Un geste vers le plafond.

— Il vient de passer. A propos, qu'est-ce qu'il vous a dit ?

Tout cela allait trop vite, surtout par ce midi abrutissant. Timar n'arrivait pas à enchaîner ses idées et se rendait compte qu'il était ridicule en demandant :

— Qui ?

— Le commissaire ! Il vous a convoqué le premier, parce qu'il s'est dit que ce serait plus facile de cuisiner un nouveau. Après-midi ou demain, ce sera notre tour.

Personne ne s'interrompit de manger, mais tous les regards étaient braqués sur Timar, qui ne savait que répondre, tiraillé entre la pensée de l'homme qui était là-haut, mort, et que veillait sans doute Adèle, et par les histoires du commissaire.

— Avez-vous l'impression qu'il sait quelque chose ?

— Je ne pourrais pas dire. J'ai déclaré que je n'avais rien vu.

— Ah ! bon.

C'était vraiment un bon point qu'on lui décernait. On le regardait avec plus de bienveillance. Donc, ces gens-là savaient qu'il savait quelque chose ? Donc, ils savaient aussi ?

Timar rougissait, mangeait un rond de saucisson, s'étonnait lui-même de s'entendre prononcer :

— Il a beaucoup souffert ?

Puis il s'apercevait que ce n'était pas une question à poser, que l'agonie avait dû être atroce.

— Le plus ennuyeux, c'est que cela arrive tout de suite après l'affaire du pendu, disait le coupeur borgne.

Ils y avaient pensé aussi ! Tout le monde y avait pensé ! En somme, tout le monde « jouait le jeu » et tout le monde regardait Timar avec curiosité et méfiance parce qu'il était, lui, en dehors du jeu.

On entendait des pas dans la chambre d'en haut. Une porte s'ouvrait et se refermait. Quelqu'un descendait l'escalier.

C'était Adèle Renaud, qui traversait le silence absolu du café, se dirigeait vers le comptoir, décrochait le récepteur du téléphone.

Elle était toujours la même, y compris ses

31

seins minutieusement dessinés par la soie de la robe. La remarque était enfantine et, pourtant, c'est ce qui gênait le plus Timar, comme si le deuil eût consisté à mettre des dessous.

— Allô !... Le 25, oui... Allô !... Oscar n'est pas là ?... Oui, c'est moi... Dès qu'il rentrera, dites-lui que c'est fait et qu'il vienne avec le nécessaire... Le docteur ne veut pas qu'on garde le corps plus tard que demain midi... Non ! merci, cela s'arrange très bien.

L'appareil raccroché, elle resta un bon moment accoudée au bar, le menton sur les poings, à regarder droit devant elle. Quand elle parla, ce fut pour dire, en se tournant à peine vers le boy :

— Eh bien ! qu'attends-tu pour desservir la table du fond ?

Elle ouvrit un tiroir, le referma, fut sur le point de sortir, se ravisa et reprit sa pose, le menton sur ses mains croisées. Une voix s'éleva à la table des coupeurs de bois :

— On l'enterre demain ?

— Oui ! Le docteur prétend que ce n'est pas prudent de le garder plus longtemps.

— Si vous avez besoin d'un coup de main...

— Merci ! Tout est déjà arrangé. On viendra tantôt avec le cercueil.

C'était Timar qu'elle regardait. Il le sentait et n'osait pas lever les yeux.

— Vous avez vu le commissaire, monsieur Timar ? Il a été très désagréable ?

— Non... Je... Il connaît mon oncle, qui est conseiller général, et il...

Il se tut, car il sentait à nouveau, autour de

lui, générale, cette curiosité moqueuse, teintée
d'un peu de respect, qui le mettait en déroute.
Au même moment, il voyait errer, l'espace d'une
seconde, sur les lèvres sinueuses d'Adèle, un
sourire attendri.

— Je vous ai fait changer de chambre, car je
n'ai que la vôtre pour mettre le corps, cette nuit.

Elle se retourna vers les bouteilles alignées,
en choisit une de calvados et s'en remplit un
verre, qu'elle but avec une moue de dégoût. Puis
elle questionna d'une voix neutre :

— Qu'a-t-on fait du nègre ?

— On l'a emporté à l'hôpital. Ils doivent pra-
tiquer l'autopsie, cet après-midi. Il paraît que la
balle est ressortie entre les omoplates et qu'on
ne l'a pas retrouvée.

Ces derniers mots étaient dits avec intention.
Le coupeur de bois poursuivit en haussant les
épaules et en avalant un demi-abricot pareil à
un jaune d'œuf :

— Il y a un policier noir sur les lieux, pour
empêcher de venir reprendre la balle, si on la
trouve. Hum ! Si on la trouve ! Qui est-ce qui
fait un billard ?

Il s'était levé, s'essuyant la bouche de sa serviette. Devant le silence général, il hésita, grom-
mela :

— Peut-être vaut-il mieux ne pas jouer au
billard aujourd'hui. Sers-moi un calvados,
Adèle !

Et il s'accouda au comptoir, en face d'elle, tandis que les autres finissaient leur repas. Timar
avait le sang aux joues. Il mangeait machinalement et il avait un sursaut rageur à chaque pas-

sage d'une grosse mouche qui l'avait pris pour centre de ses évolutions.

L'atmosphère était pesante. Dehors, il n'y avait pas un souffle d'air. On n'entendait même pas retomber le mince ourlet de la mer toute proche.

Rien que quelques bruits d'assiettes, dans la cuisine, derrière le guichet qui servait au passage des plats. Le sous-directeur de la banque, un grand jeune homme dont les manières ressemblaient un peu à celles de Timar et qui prenait ses repas à l'hôtel, sortit le premier après avoir ajusté son casque et allumé une cigarette.

Les autres ne tarderaient pas à se lever. Certains prendraient un alcool au comptoir avant de partir. De toute façon, quand l'horloge marquerait deux heures, il n'y aurait plus, dans le café, que Timar et Adèle.

Timar se demandait s'il resterait jusque-là. Les quatre whiskys du matin l'engourdissaient. Il avait la tête vide, douloureuse, mais le courage lui manquait d'aller dormir dans une nouvelle chambre pendant qu'on apporterait le mort dans la sienne.

Quelqu'un demanda, un verre d'alcool à la main :

— Est-ce qu'on le verra avant la fermeture du cercueil ?

— Je ne crois pas. A cinq heures, tout sera fini.

— Pauvre vieux !

Celui-là était du même âge que le patron. Il y en avait de plus jeunes qui en étaient déjà à leur seconde crise. Plusieurs, le commissaire l'avait dit à Timar, avaient fait une ou deux fortunes qu'ils avaient dépensées en France en moins d'un an. Le borgne, qui avait une dent en or, une fois qu'il était à Bordeaux, et qu'il y avait soirée de gala à l'Opéra, avait loué tous les taxis de la ville, rien que pour voir les spectateurs et les spectatrices en grande toilette rentrer à pied sous une pluie battante. Maintenant, à cause de la crise, il vivotait d'une vieille camionnette, faisait de menus transports et assurait le service de la voirie.

La cloche d'une factorerie sonna une heure et demie. Il n'y eut plus que quatre, puis trois personnes dans le café. Timar, toujours assis, à sa table, regardait par terre.

Le dernier consommateur acheva son verre, prit son casque au portemanteau tandis que le cœur de Timar commençait à battre, qu'il se demandait avec angoisse quelles paroles allaient être prononcées par lui ou par elle.

Les pas s'éloignèrent. Il fit un grand effort pour lever la tête. Il avait décidé de commander, lui aussi, un verre d'alcool, quitte à être anéanti pour le restant de la journée.

Mais, au moment où il prenait cette décision, Adèle soupira, comme quelqu'un qui se met au travail sans courage. Il entendit qu'elle fermait le tiroir-caisse. Puis elle sortit, sans rien lui dire, sans le regarder. Un instant encore à travers le guichet, il l'entrevit dans la cuisine, où elle donnait des ordres à mi-voix. Enfin, elle s'engagea dans l'escalier et ses pas retentirent au-dessus de la tête de Timar.

3

Le dîner ressembla au déjeuner, à la seule différence près que là-haut le corps n'était plus couché sur son lit, mais enfermé dans un cercueil posé sur deux chaises.

Il y eut, en outre, quelques regards d'intelligence échangés entre les habitués, comme pour se rappeler les uns aux autres une décision prise et, le repas terminé, le coupeur, à face de boucher, s'approcha du comptoir.

— Dis donc, Adèle, tu ne crois pas qu'il vaudrait mieux fermer ?

— C'est bien ce que je compte faire.

— Et... je suppose... est-ce qu'on veille le corps ?... Dans ce cas, évidemment, tu peux compter sur nous...

C'était comique, le contraste entre sa tête de brute et l'expression enfantine de son visage d'écolier qui quête une permission.

— Pourquoi le veiller ? Il ne se sauvera pas.

Les yeux du coupeur de bois pétillèrent. Il dut faire un effort pour ne pas sourire et, moins de cinq minutes plus tard, tout le monde était dehors, y compris Timar. La sortie s'était accomplie avec une fausse nonchalance, une indécision mal jouée.

— On va se promener une heure avant de se coucher !

— A demain, Adèle.

Quelques œillades. Le coupeur de bois toucha l'épaule de Timar.

— Viens avec nous. Elle préfère rester seule.

Le café était vide. Ils étaient six hommes sur la route, dans l'obscurité, et l'un d'eux tournait la manivelle d'une camionnette. Il y avait clair de lune. La mer bruissait, argentée, derrière le rideau de cocotiers, exactement comme dans l'imagination de Timar quand, en Europe, il essayait d'évoquer les nuits des îles.

Il tourna la tête vers le café dont le vide l'affecta. Le boy desservait les tables. Adèle, du comptoir, lui donnait des ordres.

Timar remarqua que le sous-directeur de la banque était avec eux. Il se trouva tout contre lui, debout, dans la camionnette qui démarrait. Quelqu'un soupirait déjà :

— Ouf ! Adèle exagère ! Je me demandais si je n'aurais pas la respiration coupée avant la fin du repas.

— Attends ! Arrête chez moi ! fit un autre en se penchant sur le chauffeur. Je vais prendre du pernod.

On voyait mal les visages, ou plutôt la clarté lunaire les déformait. Les six silhouettes se balançaient, tressautaient au gré des ornières.

— Où allons-nous ? demanda à voix basse Timar au sous-directeur.

— Dans une case, passer la soirée.

Et Timar remarqua qu'il n'avait pas sa physionomie habituelle. C'était un jeune homme très grand, très maigre, à tête fine, aux cheveux blonds, aux gestes mesurés. Mais, ce soir, il y avait un pétillement suspect et une étrange hésitation dans son regard.

Pendant qu'on attendait le pernod, Timar échangea avec son voisin quelques phrases à mi-voix. Il apprit que Bouilloux, l'homme à tête de boucher, n'avait jamais été boucher de sa vie, mais qu'il était jadis instituteur dans un village du Morvan.

Au milieu d'une phrase, le banquier eut un sursaut de bonne éducation. Dans la camionnette, il se pencha, la main tendue.

— Permettez-moi de me présenter : Gérard Maritain.

— Joseph Timar, de la Sacova.

L'auto repartait. On suivait une route que Timar ne connaissait pas et le vacarme du moteur ne permettait pas de parler. La voiture n'était plus qu'un précaire assemblage de ferraille, ce qui n'empêchait pas le conducteur de prendre les virages à la corde tandis que les occupants étaient chaque fois précipités les uns contre les autres.

On vit quelques lumières, des deux côtés du chemin, puis on n'en vit plus. Plus loin, on aperçut un feu, des cônes noirs qui étaient des cases indigènes.

— Chez Maria ? questionna quelqu'un.

— Chez Maria !

Alors, Timar entra brutalement dans un cauchemar. C'était la première fois qu'il errait la nuit à Libreville. La lune donnait aux choses un aspect qu'il ne leur connaissait pas. Il ne savait même pas où il était, ni où il allait.

Des ombres se rangeaient au passage de l'auto, des nègres, sans doute, qui se confondaient aussitôt avec la forêt. Les freins grincèrent. Bouilloux descendit le premier, s'approcha d'une case où régnait l'obscurité et frappa du pied contre la porte.

— Maria !... Hé ! Maria !... Debout...

Les autres descendaient à leur tour. Timar continuait à se tenir près de Maritain, qui lui ressemblait davantage.

— Qui est Maria ? Une prostituée ?

— Non ! C'est une négresse comme les autres. Tant qu'elles sont, elles ne demandent qu'à recevoir les blancs. Comme il n'y a pas de café à Libreville, il a bien fallu, ce soir...

Il faisait chaud, malgré la nuit. Dans les autres cases, rien ne bougeait. La porte de celle-ci s'ouvrit et une silhouette de nègre nu se profila, esquissa un salut et se fondit dans l'obscurité plus dense du village.

Timar ne comprit que plus tard que c'était le mari, le mari de Maria qu'on envoyait promener tandis qu'on rendait visite à sa femme.

Une allumette flambait, communiquait sa lueur à une lampe à pétrole, dans la case.

— Entrez ! cria Bouilloux en faisant passer ses compagnons devant lui.

Il faisait plus chaud encore que dehors, une chaleur écœurante, humaine. Une odeur âcre

40

prenait à la gorge, que Timar n'avait encore fait que deviner au passage des noirs en sueur.

La femme, qui venait d'allumer la lampe, achevait, d'une main, de nouer un pagne autour de son corps nu, mais Bouilloux le lui arracha et le lança dans un coin de la case.

— Va chercher tes deux sœurs ! Surtout la petite, hein !

Les blancs étaient là comme chez eux, sauf peut-être Maritain, qui manquait de désinvolture. Il y avait une table, deux vieux fauteuils transatlantiques, un méchant lit de camp qui gardait encore le creux et la moiteur des corps.

Trois hommes s'y assirent pourtant, sur la couverture de traite.

— Asseyez-vous, mes enfants !

Jamais encore, même à midi, Timar n'avait eu aussi chaud. Il lui semblait que c'était une chaleur malsaine, une chaleur de fièvre, d'hôpital. Il avait une répugnance physique à toucher aux objets, aux murs eux-mêmes. Et il se raccrochait du regard à Maritain qui restait debout aussi mais, lui, beaucoup plus avant dans la case.

— Ça ne vaut pas Adèle ! lui cria Bouilloux de loin.

— Allons ! bois... Ça te fera du bien...

Un verre passait de main en main jusqu'à Timar, un des trois verres que personne n'avait lavés. Bouilloux en tenait un autre. Le coupeur borgne aussi.

— A la santé d'Adèle !

C'était du pernod pur. Timar l'avala, parce qu'il n'avait pas le courage de faire front aux cinq hommes. Il but en pinçant les narines tant le verre, comme le liquide, le dégoûtaient.

— C'est très chic de faire semblant de ne pas comprendre. Mais du moment que nous y avons tous passé...

A cet instant, il se serait sans doute produit un incident si la porte ne se fût ouverte. Maria entra la première, un sourire docile aux lèvres. Derrière elle s'avançait une négresse toute menue, toute jeune, qui fut aussitôt happée par le premier blanc assis près de l'huis.

Le reste fut plus confus, car la case n'était pas assez grande pour tout le monde qu'elle contenait. On était les uns contre les autres.

Les négresses ne parlaient presque pas. Quelques mots isolés, des lambeaux de phrases inachevées. Le plus souvent, elles riaient et on voyait briller les dents blanches. Maria prit sous le matelas une bouteille de menthe verte et on la vida après le pernod.

Il n'y eut qu'un moment de gêne. Le coupeur borgne avait demandé :

— Que dit-on au village de la mort de Thomas ?

Les trois visages noirs perdirent leur sourire, leur cordialité, leur soumission même. Les femmes se turent en regardant par terre. Et Bouilloux ramena la bonne humeur en s'écriant :

— Ça va ! Ça va ! On se fout de ce sale nègre ! A votre santé, mes enfants ! Savez-vous ce que je propose ? On va faire tous ensemble une balade en forêt.

Comme pendant le dîner, des regards furent

échangés, qui firent supposer à Timar que ces mots avaient une signification, qu'il s'agissait d'un plan préconçu.

— Un moment ! Ecoute, Maria ! Cent francs si tu découvres quelque part une bouteille de whisky ou d'autre chose !

Elle trouva, dans ce village où tout semblait dormir, où il n'y avait pas un bruit, pas une lumière, pas un chuchotement, mais où, de toutes les cases, on devait entendre ce qui se passait.

Des bribes de phrases dans la bousculade, tandis qu'on remontait en voiture.

Près du tronc d'un fromager, il y avait une négresse, debout, qu'on n'aperçut qu'au dernier moment.

— Monte aussi !

Dans le vacarme du démarreur, puis du moteur et des ressorts, on n'entendit plus rien d'autre.

Timar ne voulait rien voir. Il regardait obstinément la cime des arbres qui défilaient et dont la lune détaillait les contours. On roulait sur le sable, en changeant sans cesse les vitesses.

On lui mit dans la main la bouteille de whisky à moitié vide et toute chaude, goulot gluant. Il fut incapable de boire. Il joua la comédie et de l'alcool glissa de son menton sur sa poitrine.

— ... *puisque nous y avons tous passé...*

Il était en proie à une impatience douloureuse. Il n'avait qu'une idée : s'approcher de ce Bouilloux à face de brute et exiger des explications. Car ce n'était pas vrai ! Ce n'était pas possible ! Bouilloux, par exemple, n'avait pas été l'amant d'Adèle, ni le borgne, ni...

Il connaissait des alternatives de fureur et de désespoir. Un moment, il songea à faire arrêter l'auto pour descendre. Mais il ne savait même pas où il était et force lui était d'aller jusqu'au bout avec ses compagnons.

Il calcula qu'on franchissait au moins vingt-cinq kilomètres. La voiture s'arrêta là où le chemin s'arrêtait lui-même, à l'orée d'une clairière que bordait une rivière. L'agitation recommença. Des éclats de voix et des rires.

— La bouteille ! Qu'on n'oublie pas la bouteille ! cria une ombre.

Timar resta seul, près de la camionnette, sans qu'on le remarquât. Devant lui, parmi les taches d'ombre et de lumière, des silhouettes passaient, parfois zigzagantes, et on entendait des chuchotements, des murmures, des rires énervés.

La première silhouette qui le rejoignit fut la longue silhouette de Maritain, qui le découvrit soudain à moins d'un mètre de lui et balbutia, gêné :

— Vous étiez ici !... Il faut bien s'amuser...

Une silhouette plus courte, plus large, allait et venait dans la clairière. Brusquement, elle s'approcha.

— Vite ! En voiture ! On va rigoler !

C'était Bouilloux. Une autre ombre s'avançait, puis deux, trois. Une négresse arrivait à son tour.

— Un instant, bébé ! Les blancs d'abord !

44

On grimpait dans la camionnette. Les trois femmes attendaient leur tour. Le moteur tournait.

— Hop !

L'auto démarra aussi vite que possible et les femmes commencèrent à courir en criant.

— Bas les pattes ! A la revoyure, les enfants !

Elles étaient nues, d'une nudité absolue de bêtes de la forêt. La lune les sertissait de lumière argentée. Elles poussaient des cris perçants, agitaient les bras.

— Plus vite, fiston ! Elles sont capables de nous rattraper !

La voiture était en proie à une trépidation forcenée. On heurta une souche d'arbre et on faillit verser. On ne passa que de justesse.

Les négresses couraient toujours, mais elles perdaient peu à peu du terrain. Les silhouettes devenaient plus petites, plus lointaines, les appels plus flous.

— Ouf ! Ça y est !

Ça y était, en effet ! On les avait semées !

Il y eut trois ou quatre rires, guère plus. Quelques réflexions :

— Qui était-ce, la grosse mémère ?

A côté de Timar, Maritain baissa la tête.

Quelques obscénités aussi, puis, à mesure qu'on avançait, le silence et un morne accablement.

— Je suis convoqué pour demain chez le commissaire !

— Moi aussi !

— Et Adèle ? A propos, on devrait peut-être se cotiser pour une couronne.

Il faisait chaud et froid. Timar avait le corps couvert de sueur, la chemise détrempée. Il avait l'impression de respirer un air trop chaud pour ses poumons et pourtant le courant d'air de l'auto le glaçait.

Au mot Adèle, il avait sursauté. La lune était plus bas, derrière les arbres, et il ne voyait plus ses compagnons. Mais il avait repéré le coin où se tenait Bouilloux.

— A propos d'Adèle, je voudrais que vous me disiez...

Sa voix sonna si faux qu'il en fut dérouté et qu'il se tut.

— Qu'est-ce que tu veux qu'on te dise ? Amuse-toi si ça te plaît, comme nous ce soir ! Mais essaie de ne pas faire l'enfant !

Il s'était tu. On l'avait déposé à l'angle du quai. Il n'avait serré qu'une main, la main, droite de Maritain, qui avait balbutié :

— A demain !

Il était tout seul, dans la nuit. A l'hôtel, il n'y avait de lumière qu'à une fenêtre du premier étage. D'abord, il essaya d'ouvrir la porte, mais elle était fermée à clef et il n'osa pas déclencher un vacarme en frappant, à cause du mort et aussi de cette surexcitation nerveuse qui faisait trembler ses genoux et qui ressemblait à une peur irraisonnée.

Il contourna la maison pour atteindre la porte de la cour. Il s'en voulait du bruit de ses pas. Un chat qui fuyait lui coupa la respiration. Il avait le pressentiment qu'il allait être malade, peut-être à cause de cette sueur dont il était couvert et qui ne l'empêchait pas de frissonner. Au

46

moindre mouvement, il suait, il se sentait suer, il sentait chaque pore de sa peau cracher une goutte liquide.

La porte de la cour était fermée et, quand il fut à nouveau devant l'entrée principale, l'huis s'ouvrit.

Adèle était là, une bougie à la main, toujours en robe de soie noire, toujours calme. L'entre-bâillement permit juste à Timar de passer et déjà la porte se refermait. Il était dans le café que la flamme dansante transformait. Il cherchait quelque chose à dire. Il était ulcéré, furieux contre lui, contre elle, contre le monde entier, inquiet comme il ne l'avait jamais été.

— Vous ne dormiez pas ?

Il la regardait sournoisement et une réaction inattendue se faisait en lui. Etait-ce le résultat des spectacles ignobles de la nuit ? N'était-ce pas plutôt une protestation rageuse, une sorte de vengeance à assouvir ?

En tout cas, il était en proie à un désir brutal, méchant.

— Votre nouvelle chambre est à gauche.

Il la suivit lâchement jusqu'à l'escalier qu'ils devaient gravir tous les deux. Il savait qu'elle s'arrêterait pour le laisser passer et éclairer le chemin.

A cet instant précis, il lui saisit la taille, et pourtant il eût été incapable de dire ce qu'il voulait faire.

Elle ne se débattit pas. Elle tenait toujours la bougie d'où une goutte de stéarine chaude tomba sur la main de Timar. Elle renversa seulement le buste en arrière, un buste si musclé, si vigoureux, malgré sa féminité, qu'il ne put le maintenir contre lui. Et elle dit simplement :

— Tu es ivre, mon petit ! Va te coucher !

Il la fixa de ses yeux troubles. Il vit son visage pâle que faisait danser la flamme de la bougie, et ces lèvres sinueuses qui, en dépit de tout, toujours, avaient l'air d'esquisser un sourire ironique et tendre.

Il se précipita gauchement dans l'escalier, buta, se trompa de porte, tandis qu'elle répétait sans rancune :

— La porte de gauche !

La porte refermée, il l'entendit monter, ouvrir une porte à son tour, la fermer. Enfin, deux souliers tombèrent l'un après l'autre sur le plancher.

4

C'est au cimetière que Timar fut envahi à l'improviste par une vague de dépaysement, submergé, imprégné par elle au point d'en rester tout pantelant comme s'il eût perçu le choc d'une lame de fond. Ce dépaysement, il l'avait cherché dans le pittoresque, dans le panache des cocotiers, la chanson des mots indigènes, le grouillement de corps noirs.

Or, c'était autre chose ; la claire et désespérante notion du sens de ces mots :

— Pour quitter la terre d'Afrique, il faut un bateau. Il en passe un tous les mois et il met trois semaines à gagner la France ! Il était huit heures du matin. On avait quitté l'*Hôtel Central* à sept heures, pour éviter la grande chaleur. Mais ce n'était pas le soleil qui chauffait : c'était le sol, les murs et tous les objets. On devenait soi-même un foyer de chaleur !

Timar s'était couché à quatre heures du matin. Le malaise qu'il ressentait depuis son réveil lui donnait à penser qu'il avait été plus ivre qu'il l'avait cru.

Les coupeurs de bois étaient là, et Maritain, et tous les clients. Comme dans une ville de province, les groupes stationnaient à quelques mètres de la porte. La seule différence, c'est que les vêtements étaient blancs, que chacun portait le casque, y compris Adèle, qui sortit derrière le cercueil et qui était vêtue de sa robe noire, et coiffée de liège.

Le corbillard, c'était la camionnette de la nuit, qu'on avait recouverte d'un drap noir.

On se mit en marche, le long de la route de terre rouge. On pénétra dans un petit chemin en pente et on aperçut des deux côtés des cases indigènes. La case de Maria était-elle parmi celles-ci ?

On marchait vite, malgré la chaleur, parce que le moteur de la camionnette calait au ralenti. Adèle était toute seule, en tête, et sa démarche était naturelle. Elle regardait autour d'elle et parfois se détournait, comme quelqu'un qui va à ses affaires.

On pénétrait enfin dans le cimetière. C'était au sommet d'une colline qui dominait la mer et la ville. A gauche, une rivière surgissait de la forêt et un cargo rouge et noir, à l'ancre, chargeait du bois.

Etait-ce l'effet de la pureté de l'air ? Toujours est-il que, malgré la distance, on distinguait les moindres détails, on voyait les radeaux s'avancer derrière un tout petit remorqueur dont on entendait cogner le moteur à huile lourde. Les chaînes cliquetaient en ceinturant les billes de bois, les treuils grinçaient.

Plus loin, la mer. Et toujours la mer, pendant

vingt jours de navigation à toute vapeur, avant de voir le rivage de France !

Etait-on dans un cimetière ? On avait essayé d'y respecter les traditions européennes. Il y avait deux ou trois tombes en pierre, quelques croix de bois. Malgré cela, ce n'était pas un cimetière ! Il n'y avait pas de chapelle, pas de mur d'enceinte, pas de grille ! Il y avait seulement une haie d'arbustes biscornus, à grosses baies violettes, qui, à eux seuls, proclamaient l'éloignement de l'Europe. Et la terre était rouge ! Et, cent mètres plus loin, en plein bled, s'alignaient des monticules rectangulaires, sans rien dessus : le cimetière indigène ! Au milieu du décor, un énorme baobab.

Des gens qui n'avaient pas suivi le convoi, entre autres le gouverneur et l'administrateur territorial, étaient venus en auto et attendaient en fumant des cigarettes. Ils s'inclinèrent devant Adèle.

Il fallut faire vite, car il n'y avait pas d'ombre. Les bruits du cargo en chargement accompagnaient la cérémonie. Le pasteur était mal à l'aise.

Eugène Renaud, pendant sa vie, était plutôt catholique qu'autre chose. Or, le curé de Libreville était parti deux jours plus tôt pour une tournée dans l'intérieur, si bien que le pasteur des Anglais avait accepté d'officier à sa place.

Quatre nègres laissaient glisser le cercueil dans une fosse trop peu profonde, ramenaient la terre dessus à l'aide de houes.

L'idée qu'un jour il serait peut-être enterré de la sorte rendait atrocement sensible à Timar le chemin parcouru depuis La Rochelle. Ce n'était pas un cimetière ! Ce n'était pas un enterrement ! Il n'était pas chez lui !

Il avait sommeil, mal à l'estomac. Il avait peur de cette chaleur qui s'infiltrait sous son casque et mettait une barre de feu sur sa nuque.

Tout le monde regagnait la ville, pêle-mêle. Il essaya de marcher seul, mais il vit une silhouette se profiler près de lui, la longue silhouette de Maritain qui murmurait, confus :

— Vous avez bien dormi ? A propos, vous êtes convoqué aussi ? Il paraît que le gouverneur veut assister aux interrogatoires.

Timar aperçut vaguement le marché, reconnut la ruelle du commissariat. Sa chemise lui collait aux aisselles. Il avait soif.

Il n'y avait pas de salle d'attente et on s'était contenté d'apporter des chaises sous la véranda. Mais la réverbération était si forte qu'on ne pouvait retirer son casque.

Les plantons nègres étaient assis sur les marches de bois. La porte du bureau restait ouverte et on avait vu entrer le gouverneur et le procureur de la République. La machine à écrire cliquetait dans un autre bureau. Chaque fois qu'elle s'arrêtait, on entendait des bribes de conversation.

C'était Adèle qu'on avait fait passer la première. Les coupeurs de bois avaient échangé des œillades, surtout quand on avait deviné la voix déférente du gouverneur qui lui faisait des politesses.

— ... tristes circonstances... excusez-nous... urgence de tirer au clair... pénible affaire...

Cela dura cinq minutes à peine. Des chaises furent remuées. Adèle sortit, sereine, descendit les marches et se dirigea vers l'hôtel. Le commissaire cria de l'intérieur :

— Suivant !

Bouilloux entra, après avoir adressé une grimace à ses compagnons. La machine à écrire fonctionnait. On n'entendit rien. Le coupeur de bois sortit en haussant les épaules.

— Suivant !

Timar, assis tout au bout du rang, hésitait à demander un verre d'eau au planton.

— Elle a été la maîtresse du gouverneur ! souffla Maritain à son oreille. C'est ce qui corse l'affaire !

Il ne répondit pas, se contenta d'avancer d'une place quand le sous-directeur de banque pénétra dans le bureau à son tour.

— ... êtes certain que personne n'a quitté la salle entre minuit et quatre heures du matin ?... Vous remercie...

Le commissaire vint jusqu'à la porte derrière Maritain, jeta un coup d'œil sous la véranda, et aperçut Timar.

— Vous étiez là ? Entrez donc !

Sa tête ronde était luisante de sueur, Timar le suivit dans la pièce où, à cause du contraste avec la lumière du dehors, il ne vit que des ombres dans l'ombre. Une ombre était assise, genoux écartés, près d'un guéridon chargé de verres.

— Voici, monsieur le gouverneur, M. Timar, dont je vous parlais tout à l'heure.

Le gouverneur tendit une main humide.

— Enchanté ! Asseyez-vous... Figurez-vous que ma femme, elle aussi, est de Cognac, et qu'elle a très bien connu votre oncle...

Et, se tournant vers un troisième personnage :

— M. Joseph Timar, un jeune homme d'excellente famille... M. Pollet, notre procureur... Vous avez encore un verre, commissaire ?...

Il fallait s'habituer à la pénombre que les persiennes striaient de lumière. Le commissaire servait le whisky, maniait un siphon.

— Qu'est-ce qui vous a donné l'idée de venir au Gabon ?

Le gouverneur avait une soixantaine d'années. Il était gros, sanguin. Ses cheveux blancs, tranchant avec sa peau couperosée, lui donnaient un air distingué et il était bon enfant à la façon des hommes d'âge qui exercent un pouvoir quelconque et qui y tiennent, mais moins qu'aux joies de la table et de la boisson.

— ... Surtout la Sacova ! Savez-vous seulement que, si nous n'avions pas transigé pour les amendes qu'elle a encourues, la société serait en faillite ?

— Je l'ignorais. Mon oncle...

— Se présente-t-il enfin aux élections sénatoriales ?

— Je pense que oui.

— A votre santé ! Vous devez avoir une jolie opinion de Libreville ! Il se passe parfois deux ans sans incident, puis les scandales éclatent coup sur coup. Il paraît que, cette nuit encore, des énergumènes ont abandonné des femmes en forêt, ce qui n'est pas pour faciliter ma tâche au moment où les nègres sont furieux de l'assassinat de Thomas.

Le procureur était beaucoup plus jeune. Timar l'avait déjà vu, le jour de la fête à l'hôtel, buvant avec les Anglais.

— Vous avez des questions à lui poser, commissaire ?

— Pas spécialement. Je m'étais déjà permis de le convoquer et c'est ainsi que nous avons fait connaissance. A propos, monsieur Timar, si vous logez toujours à l'hôtel, je vous recommande d'être prudent. L'enquête nous a révélé certains faits...

Il hésitait à parler, mais le gouverneur poursuivit avec bonhomie, jugeant Timar digne de tout entendre :

— Evidemment, c'est cette femme qui a tué Thomas ! Nous en avons une preuve presque formelle. On a retrouvé la douille, qui est du même calibre que le revolver des Renaud.

Il tendit son étui à cigares.

— Vous ne fumez pas ? C'est très ennuyeux que ce soit elle, mais nous n'y pouvons rien, et, cette fois, il faut un exemple. Vous comprenez ? On l'observe. On guette ses allées et venues. A la première imprudence...

— Ce que je me demande, murmura le procureur, qui n'avait encore rien dit, c'est ce que son boy avait bien pu lui faire ! Ce n'est pas une femme qui a des nerfs. Elle sait où elle va !

Timar eût préféré être questionné comme les autres, sèchement, debout devant le bureau.

Pourquoi chacun s'obstinait-il à le regarder avec curiosité et à lui faire une place à part dans la ville ? Jusqu'aux autorités qui, maintenant, l'admettaient dans leur cercle et dans leurs secrets !

— Bien entendu, vous ne savez rien ? Les coupeurs de bois se tiennent ! Pas un ne parlera, et c'est naturel. A tout autre moment, il est probable qu'on aurait pu étouffer l'affaire. Vous n'avez vu sortir personne, pendant la soirée ?

— Personne.

— Il faudra que vous veniez dîner un de ces soirs à la maison. Ma femme sera heureuse de vous connaître. N'oubliez pas non plus que nous avons un cercle, un cercle bien modeste, juste en face de la jetée. C'est mieux que rien. Quand vous voudrez faire un bridge...

Il se levait et mettait fin à l'entretien avec l'aisance d'un homme habitué aux audiences officielles.

— Au revoir, cher ami ! Si vous avez besoin de moi pour quoi que ce soit, ne vous gênez pas.

Timar salua gauchement, avec une pointe de cérémonie en trop. Dehors, dès qu'il revit la mer, plate comme un étang, il retrouva une image qui l'avait hanté le matin, une carte de France, d'une toute petite France assise au bord de l'océan, une carte familière, avec des rivières, des départements dont il connaissait le tracé par cœur, des villes. Le gouverneur était du Havre, sa femme de Cognac. Un coupeur de bois venait de Limoges, un autre de Poitiers, et Bouilloux était né dans le Morvan.

Ils étaient tous voisins ! Timar, de La

56

Rochelle, eût pu aller les voir en quelques heures. Et ils étaient réunis là, une poignée, sur une étroite bande de terre défrichée en bordure de la forêt équatoriale. Des bateaux allaient et venaient, des petits bateaux comme celui du matin, des mouches aux treuils bourdonnants ! Là-haut, dominant Libreville, il y avait le cimetière, le faux cimetière !

Timar passa devant la Sacova, entrevit le directeur dans le fond, derrière le comptoir envahi par les négresses, et ils se saluèrent d'un geste mou de la main.

Alors, ce ne fut plus seulement l'angoisse de l'éloignement qui l'étreignit : ce fut celle de l'inutilité. Inutilité d'être ici ! Inutilité de lutter contre le soleil qui le pénétrait par tous les pores ! Inutilité de cette quinine qui lui soulevait le cœur et qu'il devait avaler chaque soir ! Inutilité de vivre et de mourir pour être enterré dans le faux cimetière par quatre nègres deminus !

— Qu'est-ce qui vous a donné l'idée de venir ici ? avait demandé le gouverneur.

Et lui-même ? Et tous les autres ? Et cet employé de la Sacova qui, là-bas, en pleine forêt, menaçait de tuer à coups de fusil celui qui tenterait de venir prendre sa place ?

On était en août. A La Rochelle, près de l'entrée du port, sur la plage bordée de tamaris, des jeunes gens et des jeunes filles étaient couchés dans le sable.

— Timar ? Il est parti au Gabon.

— Un veinard ! Quel beau voyage !

Car on devait parler ainsi ! Pendant qu'il se

traînait, les jambes molles, dans un paysage couleur de plomb. L'idée de retourner l'effleura, mais il la repoussa avec gêne.

C'était vrai qu'il était le neveu de Gaston Timar, conseiller général et futur sénateur. Mais, ce qu'il n'avait pas dit, c'est que son père était employé à la mairie et que lui avait dû quitter l'Université faute d'argent, que, faute d'argent encore, il lui arrivait de ne pouvoir suivre ses camarades au café ou au casino.

La pinasse qui devait le conduire à son poste de l'intérieur était toujours sur le sable, au milieu des pirogues indigènes. Personne n'y travaillait, nul ne s'inquiétait de la remettre en état.

Tout à coup, si brutalement qu'il en fut lui-même effaré, il prit une décision et l'exécuta, pantelant de sa propre audace. Il y avait, en face de la mer, un garage où l'on réparait les autos, les machines, les barques. Il entra, trouva un blanc qui essayait de mettre une vieille voiture en marche en la faisant pousser par des nègres.

— Vous pourriez réparer la pinasse qui est là-bas ?

— Pour le compte de qui ? De la Sacova ?

Et, du doigt, l'homme signifiait qu'il n'y avait rien à faire.

— Pardon ! Pour mon compte à moi !

— C'est différent ! Vous savez qu'il y en aura pour un millier de francs ?

Toujours une force obscure poussait Timar, un besoin d'action, d'héroïsme. Il ouvrit son portefeuille.

— Voici mille francs que vous me porterez en compte. Mais ça presse !

— Je vous demande trois jours. Vous buvez quelque chose ?

— Merci.

Le sort en était jeté ! Dans trois jours, la pinasse serait réparée et Timar s'en irait à la conquête de son poste, puisque aussi bien c'était une vraie conquête.

Ce fut d'un mouvement net, catégorique, qu'il poussa la porte de l'hôtel. La salle était vide, baignée de l'ombre familière aux maisons d'Afrique. Les couverts étaient déjà dressés pour le déjeuner, mais Adèle était seule au comptoir.

Avant même de s'asseoir, Timar annonça, sans la regarder :

— Je pars dans trois jours !

— Ah ! En Europe ?

— En forêt !

Ce mot-là, qui était si bon à prononcer, n'amena aux lèvres d'Adèle que son sourire équivoque et Timar, vexé, alla s'asseoir dans un coin, feignit de lire des journaux qu'il avait déjà lus deux fois. Elle ne s'occupait pas de lui. Elle allait et venait, donnait des ordres à la cuisine, remuait des bouteilles, ouvrait le livre de caisse.

Il ragea, éprouva le besoin de la troubler. Dès les premiers mots, il comprit qu'il commettait une gaffe, mais il était trop tard.

— Vous savez qu'on a retrouvé la douille ?

— Ah !

— La douille de la balle qui a tué Thomas !

— J'ai bien compris !

— C'est tout l'effet que ça vous produit ?

Elle lui tournait le dos, maniait des bouteilles.

— Quel effet voulez-vous que ça me pro-
duise ?

Ils se lançaient les répliques à travers la salle
vide, découpée en tranches de lumière et
d'ombre, pleine de moiteurs. Et une fois de plus
Timar avait d'Adèle une soudaine envie qui
l'humiliait.

— Vous devriez prendre garde.

Il ne voulait pas la menacer. Pourtant, il eût
aimé lui faire un peu peur.

— Emile !

Pour toute réponse, elle appelait le boy qui
accourait.

— Tu mettras les carafes de vin sur les tables.

Le boy, désormais, circulait entre eux deux,
dans la salle, promenant d'une table à l'autre la
tache crue de son costume blanc.

Les coupeurs de bois arrivaient, puis Maritain, un clerc de notaire et un voyageur de commerce anglais, et c'était l'atmosphère de tous les
repas, avec, en plus, des murmures et des rires
étouffés, à cause des événements de la nuit.

De tous, c'était Timar qui avait le visage le
plus tiré, les yeux les plus las.

Jusqu'à la dernière minute, le soir, il resta
dans son coin, feignant de lire. Maritain était
parti le premier. Les coupeurs de bois avaient
fait une partie de cartes jusqu'à dix heures avec
le clerc, puis s'en étaient allés lourdement. Le
boy avait fermé les portes, les persiennes, éteint
une partie des lampes et, pendant tout ce temps,

Timar n'avait pas adressé la parole à Adèle, ne l'avait même pas regardée.

N'empêche qu'il savourait une pénétrante sensation d'intimité, maintenant que portes et fenêtres se refermaient sur eux seuls. Elle était au comptoir, dont elle fermait à clef les tiroirs. Devinait-elle ses pensées ? Le regardait-elle ? L'avait-elle parfois observé au cours de la soirée ?

Il entendit le boy déclarer :

— Fini, madame !

— Bon ! Va te coucher.

Elle alluma une bougie, car le moteur qui fournissait l'électricité allait s'arrêter. Timar se leva, hésitant, se dirigea vers le comptoir. Comme il allait l'atteindre, Adèle quitta sa place, la bougie à la main, gagna la porte, l'escalier.

— Vous venez ?

Il n'avait plus qu'à la suivre. Elle montait devant lui et il voyait ses jambes nues, la robe qui s'écartait en corolle. Comme elle s'arrêtait sur le palier, il balbutia :

— Quelle chambre dois-je... ?

— Mais... l'ancienne...

Celle qu'il avait occupée les premiers jours, celle où elle l'avait rejoint un matin et d'où on ne l'avait exilé que pour y mettre le cercueil ! Elle lui tendait le bougeoir. Il comprenait très bien que, quand il l'aurait pris, ce serait fini. Elle entrerait chez elle. Force lui serait d'aller se coucher. C'est pourquoi il restait debout, gauche, hésitant, tandis qu'elle remuait le bougeoir à bout de bras pour lui signifier de le prendre.

— Adèle !

Il eût été en peine de continuer. Il ne savait pas ce qu'il voulait ! Il était comme un enfant qui geint sans raison, ou plutôt parce qu'il se sent malheureux, malheureux de tout, mais de rien en particulier.

Adèle était mal éclairée. Pourtant, il y eut le fugitif dessin d'un sourire quand elle fit deux pas vers la chambre de Timar, dont elle ouvrit la porte. Elle le laissa passer le premier, referma l'huis derrière eux, mit la bougie sur la toilette.

— Que veux-tu ?

C'était peut-être la lumière qui sculptait ainsi son corps sous la robe, dont le noir avait des reflets roux.

— Je voudrais...

Comme la veille au soir, il avançait les mains vers elle, il la touchait, sans oser l'attirer dans ses bras. Elle ne le repoussa pas. Elle recula à peine.

— Tu vois bien que tu ne partiras pas dans trois jours ! Couche-toi.

Tout en parlant, elle retirait sa robe. Elle écarta la moustiquaire, borda les draps, secoua les oreillers, cependant que, le torse découvert, il hésitait à se dévêtir davantage.

Elle fut couchée avant lui, comme s'ils eussent toujours dormi ensemble, dans ce lit-là, et elle l'attendit sans impatience.

— Eteins !

5

Il s'éveilla plus calme. Avant même d'ouvrir les yeux, il savait que la place était vide à côté de lui. Il la tâtait de la main et souriait, l'oreille tendue aux bruits de la maison. Le boy balayait la salle. Adèle devait se tenir derrière le comptoir. Il se leva paresseusement et sa première idée, en regardant les fenêtres, fut :

— Il va pleuvoir !

Comme en Europe ! Pour un peu, comme en Europe aussi, il eût fait la moue à la perspective de prendre un parapluie. Le ciel était bas, d'un gris sombre, tout uni. On pouvait penser que cinq minutes ne se passeraient pas sans un déluge et pourtant on sentait la réverbération chaude et molle du soleil absent. Il ne pleuvrait pas ! Il ne pleuvrait pas de six mois au moins ! Timar était au Gabon ! Cette pensée le faisait sourire d'un sourire résigné, un peu agressif, tandis qu'il s'approchait de la cuvette.

Il avait eu une nuit agitée. Plus d'une fois, à moitié éveillé, il avait entrouvert les yeux et aperçu la forme laiteuse de la femme couchée près de lui, contre lui, la tête appuyée sur un bras replié.

Adèle avait-elle dormi ? A deux reprises, elle avait fait changer Timar de pose parce que, lorsqu'il était couché sur le côté droit, il avait la respiration difficile. La dernière fois qu'il avait soulevé les paupières, il faisait jour et, debout près de la porte, Adèle cherchait autour d'elle les épingles à cheveux qu'elle avait pu laisser tomber.

Timar s'ébrouait, s'essuyait, regardait dans le miroir son visage fatigué. Un petit problème le troublait, mais il ne voulait pas y penser et il avait trop peu l'expérience des femmes pour le résoudre. Il lui avait paru, cette nuit, qu'Adèle se donnait, certes, mais se donnait trop, dans le sens strict du mot, c'est-à-dire que ce qu'elle faisait, c'était pour lui et non pour elle.

Il était presque sûr qu'elle n'avait ni dormi, ni fermé les yeux, qu'elle avait passé toute la nuit contre lui, la tête sur son bras replié, à regarder droit devant elle, dans le noir. Mais qu'est-ce que cela signifiait ?

Timar ne voulait plus s'inquiéter. Il avait pris une décision en se lavant : laisser faire le hasard et accueillir les événements comme ils se présenteraient.

Il descendit l'escalier et comprit qu'il faisait d'autant plus chaud que le ciel était bouché. Après dix pas, il était moite. Il poussa la porte du café. Adèle était là, au comptoir, la pointe d'un crayon entre les lèvres. Il ne sut que faire et il lui tendit la main.

— Bonjour.

Elle répondit d'un battement de cils, mouilla la mine du crayon et recommença son addition.

— Boy ! Le petit déjeuner de M. Timar !

Deux fois, il la surprit qui l'observait gravement, mais c'était peut-être sans s'en rendre compte elle-même.

— Pas trop fatiguée ?

— Ça va !

Elle referma le tiroir-caisse, rangea les quelques papiers qui étaient sur le comptoir, contourna celui-ci et vint s'asseoir à la table où Timar déjeunait. C'était la première fois qu'elle agissait ainsi. Avant de parler, elle le regarda encore avec un reste d'indécision.

— Vous êtes en très bons termes avec votre oncle ?

C'était à peu près ce qu'elle pouvait dire de plus déroutant. Ainsi, elle aussi s'occupait du fameux oncle ?

— En très bons termes, oui ! C'est mon parrain et je suis allé lui dire adieu avant mon départ.

— Est-il de gauche ou de droite ?

— Il est d'un parti qui s'appelle les démocrates populaires ou quelque chose d'approchant.

— Je suppose que vous savez que la Sacova est en faillite ou qu'elle va l'être un jour où l'autre ?

Timar, ahuri, buvait son café, se demandait s'il avait vraiment dormi avec cette femme qui prenait maintenant un temps pour réfléchir entre chaque phrase. Et pourtant était-elle si différente de l'Adèle qu'il avait tenue dans ses bras ?

C'était l'heure où régnait dans la maison l'atmosphère la plus intime, l'heure du nettoyage, des petits soucis ménagers. On percevait la rumeur du marché indigène qui se tenait pourtant à quatre cents mètres et des femmes passaient, drapées dans leur pagne, portant sur la tête une bouteille ou des victuailles enveloppées d'une feuille de bananier.

Adèle était pâle. Elle avait dû avoir de tout temps cette peau mate, régulière et lisse qui semblait n'avoir jamais vu le grand air. Et, plus jeune, avait-elle ces mêmes yeux aux paupières finement plissées ?

A six ans, Timar avait eu un grand amour, dont le souvenir le troublait encore. Et c'était pour la maîtresse d'école, car il vivait alors dans un village où filles et garçons étudiaient ensemble jusqu'au certificat d'études.

L'institutrice, elle aussi, était toujours habillée de noir et il y avait dans son aspect le même mélange de sévérité et de tendresse, et surtout le même calme, si étranger au caractère de Timar.

Maintenant, par exemple, il eût voulu prendre la main d'Adèle, la regarder dans les yeux, dire des choses futiles, évoquer à demi-mots des souvenirs de la nuit. De la voir avec le visage de la maîtresse d'école au moment de la correction des devoirs, il perdait pied, rougissait, et pourtant il la désirait plus que jamais.

66

— En somme, vous risquez de retourner en France sans un sou !

Ces mots auraient pu être déplaisants, odieux. Elle arrivait, sans qu'il sût comment, à en faire quelque chose d'affectueux. Elle l'enveloppait de cette sorte de tendresse qui lui était particulière et qui ne se traduisait ni par des phrases ni par des gestes.

Le boy astiquait la barre de cuivre du comptoir. Adèle regardait le front de Timar comme si elle eût regardé très loin au-delà.

— Par contre, il y a un moyen, en trois ans, de gagner un million.

Encore une fois, de la part d'une autre, c'eût été intolérable. Or, elle se levait. Elle parlait avec plus de netteté encore, en marchant d'un bout du café à l'autre. Le bruit de ses hauts talons sur les dalles rythmait des phrases précises, séparées les unes des autres par un silence toujours égal. Et c'était l'étrange voix d'Adèle, que certains eussent jugée vulgaire, et qui avait tant de personnalité, qui s'alliait si bien, tantôt sourde, tantôt d'une aigreur de musique à bon marché, avec son sourire.

Ce qu'elle lui disait ? Cela se mélangeait avec d'autres impressions : les négresses qui défilaient toujours sur la route, les mollets nerveux du boy en culottes blanches, le halètement d'un moteur Diesel qu'on réglait quelque part. Il y avait, en outre, les images que les mots évoquaient. Elle parlait des coupeurs de bois et il voyait aussitôt la face de Bouilloux éclairée par la lampe à pétrole dans la case de Maria.

— Ils n'achètent pas le terrain, mais le gouvernement leur donne des concessions de trois ans.

Pourquoi, en même temps qu'il la regardait, la revoyait-il, le matin, cherchant ses épingles, alors qu'il faisait semblant de dormir ?

Elle choisissait une bouteille dans les rayons, posait deux verres sur la table, les remplissait de calvados. Etait-elle normande ? C'était la troisième fois qu'il lui voyait boire de l'alcool de pommes.

— Les premiers colons, eux, ont obtenu des concessions de trente ans et plus, et même des baux emphytéotiques.

Le mot lui resta longtemps dans l'oreille, tandis qu'elle poursuivait, et il cherchait en vain ce qu'il lui rappelait.

— En principe, désormais, à la mort de ces colons, le domaine revient à l'Etat, mais...

Elle ne portait jamais de bas ni de linge et il avait rarement vu des jambes aussi blanches. Il les regardait parce qu'il sentait qu'Adèle l'observait comme pour se faire de lui une opinion définitive.

Un nègre entra, posa des poissons sur le comptoir.

— Ça va ! je te payerai la prochaine fois !

Elle buvait l'alcool comme un médicament, en déguisant une grimace.

— Il y a un homme, Truffaut, qui est ici depuis vingt-huit ans et qui s'est décivilisé. Il a épousé une femme noire, de qui il a dix ou douze enfants. Il est furieux, parce que aujourd'hui, avec les pinasses à moteur, sa

concession n'est plus qu'à une journée de Libreville.

Leurs regards se rencontrèrent. Timar comprit qu'elle sentait très bien qu'il écoutait mal,
mais c'est à peine si une ombre d'impatience
passa sur ses traits. Elle continua, sans se troubler, comme l'institutrice de jadis qui donnait sa
leçon jusqu'au bout, même si les bambins ne
l'écoutaient pas.

C'était la même ambiance, la même sorte de
distraction, le même désir de faire autre chose
et la même résignation. Timar se faisait une
image de Truffaut, en patriarche biblique, parmi
ses enfants de couleur.

— Avec cent mille francs...

Et il se revoyait donnant mille francs sur les
trois mille qu'il lui restait au mécanicien qui
devait être occupé à réparer la pinasse.

— Son fils aîné voudrait étudier en Europe.

La main d'Adèle se posa sur la sienne. Elle
semblait demander un moment, un moment
seulement d'attention sérieuse.

— L'argent, je l'apporte. Et vous, vous appor-
tez l'influence de votre oncle. Le ministre des
Colonies est du même parti que lui. Votre oncle
obtiendra qu'on fasse une exception et que...

Quand il la regarda à nouveau, elle mouillait
la pointe de son crayon, comme tout à l'heure
au comptoir, et elle écrivait, en épelant les syllabes au fur et à mesure :

*Sacova mauvaise position. Stop. Risque rester
sans situation. Stop. Ai trouvé combinaison qui
assurerait avenir brillant. Stop. Nécessaire que*

vous alliez à Paris voir ministre Colonies et obte-
niez autorisation spéciale pour cession à mon
nom bail emphytéotique Truffaut. Stop. Toute
urgence car affaire susceptible s'ébruiter. Stop. Ai
trouvé capitaine pour exploitation domaine et
compte sur votre habituelle bonté pour démarche
qui me donnera fortune. Stop. Vous embrasse.

Timar sourit aux derniers mots. Adèle ne pouvait savoir que, dans sa famille, on ne s'embrassait pas entre hommes, ni surtout qu'on ne parlait pas à l'oncle Timar sur ce ton familier.

Tout le temps qu'elle avait écrit, d'ailleurs, il
avait pris conscience de sa supériorité. Il avait
même souri, à son tour, avec une condescendance attendrie, car sa pose, sa façon de
mouiller le crayon, d'épeler les syllabes avec une
application exagérée trahissaient à la fois son
manque d'instruction et sa classe sociale.

— C'est à peu près ce que vous auriez mis ?
— A peu près, oui ! quelques mots à changer.
— Changez-les !

Et elle retourna à son comptoir où elle avait
quelque chose à faire. Quand elle revint, il lisait
le télégramme transformé, sans y croire. Dans
la suite, il eût été incapable de dire à quel
moment précis la décision avait été prise. Avait-
elle seulement été prise ? En tout cas, un peu
avant midi, le boy portait le télégramme au
bureau de poste et c'était Adèle qui, tout naturellement, lui remettait l'argent nécessaire, pris
dans le tiroir-caisse.

— Maintenant, je vais vous donner un
conseil : rendez donc une visite au gouverneur.

Il n'était pas sorti de la matinée. Il sauta sur cette occasion, mais avec l'idée de ne pas aller chez le gouverneur. Il changea quand même de chemise, car la sienne était détrempée.

La ville était plus écœurante que les autres jours, à cause de la lumière glauque et de la chaleur perfide, sans soleil, inexplicable. Timar remarqua que les nègres du marché eux-mêmes avaient des traits luisants de sueur sur la peau.

On attendait machinalement un coup de tonnerre. Mais non ! Ce serait pendant des jours, des semaines encore cette atmosphère énervante d'avant l'orage, sans orage et sans eau ! Et on n'osait pas retirer son casque pour s'éponger.

Timar allait passer devant la maison du gouverneur en regardant ailleurs quand le commissaire le héla du haut du perron.

— Vous entrez ?

— Et vous ?

— Je sors. Allez donc prendre un whisky avec le gouverneur. Cela lui fera plaisir, car il m'a beaucoup parlé de vous.

Les événements allaient vite, trop vite, en dépit de l'air épais. Timar se trouva dans un grand salon exactement semblable au salon d'un préfet de La Rochelle, de Nantes ou de Moulins. A peine deux ou trois peaux de léopard jetaient-elles une note exotique que contrecarraient des tentures et des tapis de la rue du Sentier.

— Ah ! c'est vous, jeune homme !

Mme la gouverneur fut appelée, une femme

de quarante ans, ni belle, ni jolie. Une bourgeoise dressée à faire le thé et à écouter parler les hommes.

— Et vous êtes de La Rochelle ? Vous devez connaître mon beau-frère, l'archiviste départemental.

— C'est votre beau-frère ?

Whisky. Le gouverneur assis les jambes un peu écartées. Quelques coups d'œil échangés entre sa femme et lui. Timar comprit pourquoi le gouverneur était enchanté de recevoir des gens. Il aimait boire. Sa femme le modérait. Aussi, quand il avait un invité, ne cessait-il de lui verser à boire pour avoir l'occasion de se servir.

— A votre santé ! En somme, qu'allez-vous faire ? La Sacova est de plus en plus malade. Je vous le dis confidentiellement, mais...

L'entretien dura un quart d'heure. On ne dit pas un mot du nègre tué, ni de l'enquête. Une fois de plus, avant le déjeuner, Timar avait la tête alourdie par l'alcool et il trouva cet état agréable, car ses pensées avaient un flottement qui rendait insensibles les angles désagréables.

A l'hôtel, on le regarda avec une curiosité marquée, mais c'était sans doute parce qu'il avait pris l'apéritif chez le gouverneur. Les coupeurs de bois poursuivaient une conversation :

— ... Je lui ai donné cent francs et un coup de pied au derrière. Il est parti ravi...

Timar sut peu après que c'était la conclusion de la nuit dans la forêt. Le mari de Maria avait fait du bruit, avait même parlé de faire écrire par un clerc à la Société des Nations. Cent francs et un coup de pied au derrière ! Chacun mit vingt francs, sauf Timar, à qui on n'osa rien demander.

Il fit la sieste jusqu'à cinq heures, descendit, l'estomac barbouillé, se remit d'aplomb avec deux verres de whisky.

— Le gouverneur n'a rien dit ?

— Rien d'intéressant.

— J'ai envoyé un noir annoncer au vieux Truffaut que nous l'attendons pour traiter.

— Nous ne savons pas encore...

— On en sera quitte pour le renvoyer chez lui si cela ne se fait pas.

Il la regarda avec effarement. Et pourtant c'était une femme, une vraie femme, à la chair douce, aux formes douillettes, au corps souple.

Un peu avant le dîner, il alla au bord de l'eau et vit la vedette à moitié réparée.

— Vous pourrez partir dans deux jours ! lui dit le mécanicien.

Le crépuscule était sourd, la mer et le ciel d'un vert vénéneux. Les lampes s'allumaient. Dîner. Billard et jeux de cartes des coupeurs de bois et du clerc de notaire qui avait un ventre énorme.

Maritain demanda à Timar :

— Vous jouez aux échecs ?

— Oui... non... Pas aujourd'hui...

— Vous n'êtes pas dans votre assiette ?

— Je ne sais pas.

Il n'était bien nulle part, ne savait où se mettre. Dans aucun coin il ne se sentait chez lui et il se demandait comment il agirait ce soir avec Adèle.

Entreraient-ils tout naturellement dans la même chambre pour se coucher dans le même lit ? Cela prendrait des allures de situation acquise qui effrayaient Timar, surtout à cause du mari, d'Eugène, qui dormait encore dans ce lit quatre jours plus tôt.

Et pourtant il souffrait quand il ne voyait pas Adèle ou quand un client l'appelait par son prénom.

Enfin, il éprouvait le besoin d'une explication avec elle, mais une explication qu'il n'osait pas, qu'il n'oserait peut-être jamais entamer, au sujet de Thomas. Etait-ce elle qui avait tué le nègre ? Il en était presque sûr, mais il ne parvenait pas à s'indigner. Il aurait seulement voulu savoir comment et pourquoi, savoir aussi la raison de sa quiétude.

Le café, éclairé par quatre globes électriques, ressemblait, avec le bruit du billard et les voix de joueurs de cartes, à un quelconque café de province. Timar but encore deux alcools, profita d'un moment où Adèle était occupée à verser à boire pour gagner l'escalier.

— Je vais me coucher. Bonsoir !

Elle leva la tête. Il ne fit qu'entrevoir son terrible sourire à base d'ironie et de tendresse. Elle se moquait de lui. Elle savait très bien qu'il fuyait, et pourquoi ! Elle ne s'en inquiétait pas.

Contre son attente, il dormit d'un sommeil lourd et, quand il s'éveilla, il faisait jour. Adèle était debout, en robe noire, près de son lit.

— Cela va mieux ?

— Mais...

Comment savait-elle que cela avait été mal ?

Elle s'asseyait au bord du lit, comme la première fois qu'elle était venue, du vivant
d'Eugène et de Thomas. Il laissa errer sa main
sur sa robe, l'attira peu à peu à lui. Ce fut une
brève étreinte, surtout pour la sensation de cette
peau nue et froide — Adèle sortait de la
douche — sous la soie souple.

— Il faut que je descende.

Il ne descendit, lui, que deux heures plus tard.
Il avait traîné, s'était complu à ranger de menus
objets mis par sa mère et sa sœur dans ses
bagages, des objets saugrenus et inutiles,
comme un dé à coudre et une série de bobines
de fil de diverses couleurs.

— Là-bas, tu devras réparer tes vêtements
toi-même !

Il y avait même un assortiment de boutons.
Les deux femmes avaient dû courir les merce-
ries de La Rochelle et Timar croyait les entendre
dire :

— C'est pour mon fils, qui part la semaine
prochaine au Gabon ! Là-bas, il n'y aura pas de
femme pour...

Il descendit, déjeuna en n'échangeant que
quelques mots avec Adèle et annonça qu'il pas-
serait chez le commissaire.

— Bonne idée ! répliqua-t-elle.

Il y alla, en effet, et on lui servit le tradition-
nel verre de whisky.

— Quoi de neuf, là-bas ? On ne se demande
pas pourquoi l'enquête semble en suspens ?

— Je n'ai rien entendu dire de spécial.

— Le père de Thomas est arrivé de la
brousse. Un clerc indigène, qui a travaillé deux

ans chez un avocat, s'est emparé de lui et veut pousser les choses très loin, réclamer je ne sais combien de dommages-intérêts. A propos, la patronne n'a pas encore pris d'amant ?

— Je ne sais pas.

— Evidemment ! Vous, vous vivriez vingt ans ici sans seulement soupçonner toutes les saletés qui se passent !

Déjeuner. Sieste abrutissante. Apéritif. Dîner. Et une fois de plus Timar alla se coucher avant la fermeture du café. Il ne dormit pas. Il entendit toutes les conversations, le bruit des billes, celui de la monnaie sur le comptoir, le boy qui fermait les persiennes et les portes. Adèle enfin qui montait. Il hésita, n'eut pas le courage de se lever et passa encore deux bonnes heures à chercher le sommeil dans les draps moites.

A dix heures du matin, il dormait toujours quand la porte fut ouverte violemment. Adèle entra, animée, tendant un papier de la main droite.

— La réponse de ton oncle ! Lis vite !

Il décacheta le télégramme sans trop se rendre compte de ce qu'il faisait. C'était un radio daté de Paris.

Concession Truffaut facilement accordée. Stop. Te recommande prudence extrême dans question association et origine des capitaux. Stop. Prière prendre conseil notaire Libreville et ne rien signer sans lui. Stop. M'associe tout cœur succès éventuel. Stop. Gaston Timar.

Timar ignorait s'il était content, furieux ou inquiet. Mais il constata un phénomène nouveau. Jusque-là, Adèle le traitait avec une certaine condescendance. Or, voilà qu'elle le regardait avec admiration. Il y avait en elle une émotion qu'elle extériorisait enfin. Elle couvait Timar du regard et tout à coup elle l'embrassait sur les deux joues.

— Il n'y a pas à dire, tu es quelqu'un !

Elle poursuivit avec volubilité, en lui tendant ses vêtements :

— Le vieux Truffaut est en bas. Il marche à cent mille, avec une caisse ou deux de whisky par-dessus le marché. Tiens ! tu as encore été piqué.

Elle posait le doigt sur la poitrine de Timar, un peu au-dessous du sein droit, comme elle l'avait déjà fait une fois.

— Tu as une peau de femme ! Je vais téléphoner au notaire pour prendre rendez-vous.

Elle sortit. C'était la première fois qu'elle s'animait ainsi. Timar se leva en regardant lourdement devant lui. Des verres se heurtaient en bas : sans doute le vieux Truffaut qu'on faisait boire pour mieux l'arranger !

... *prudence extrême... origine des capitaux...*

Il se coupa en se rasant, chercha en vain sa pierre d'alun et descendit avec une traînée de sang sur la joue. Il s'attendait à trouver en bas un homme des bois sale et hirsute. Ce fut un petit vieillard chenu, propret, vêtu d'un complet amidonné qui se leva pour le saluer.

— Il paraît que c'est vous qui...

Timar s'était-il trop agité ? Etait-ce ce filet de sang zigzaguant jusqu'à son menton, ou plutôt la réverbération qui, ce matin-là, était plus forte que d'habitude ? Il se sentit gagné par un malaise qu'il avait ressenti deux ou trois fois depuis qu'il était à Libreville, entre autres le midi, sur la route rouge : l'impression que son casque était trop mince et que s'il n'échappait pas tout de suite au soleil il serait terrassé. Sa vision devenait floue. Les objets tremblaient un peu, mais à peine, comme quand on les voit à travers la vapeur qui s'échappe d'une marmite.

Il était debout en face du petit vieux qui attendait pour s'asseoir et, accoudée au comptoir, Adèle les regardait tous les deux avec une satisfaction presque animale. Le boy, debout sur une chaise, remontait l'horloge.

Timar s'assit en se passant une main sur le front, mit ses coudes sur la table.

— Un whisky, Adèle !

Et cela le frappa, car c'était la première fois qu'il l'appelait ainsi dans la salle du café, à voix haute, et sur le même ton, avec le même naturel que les coupeurs de bois ou que le clerc de notaire.

6

— Content ? lui demanda-t-elle, les yeux dans les yeux, le menton sur ses mains nouées.

— Content ! répéta-t-il en vidant sa coupe de champagne.

— A cette heure-ci, nous serons arrivés.

Elle détachait lentement les syllabes en l'observant et Timar eut l'impression désagréable que c'était une épreuve.

— Est-ce ma faute si l'on n'y est pas encore ? s'emporta-t-il.

— Sois gentil, Jo, je n'ai pas dit ça.

Il devenait d'une susceptibilité maladive. Il était déprimé. Cela se voyait à ses traits tirés, à ses yeux fiévreux, d'une mobilité anormale.

— Ça va, les enfants ? vint demander le patron qui, ce soir-là, avait revêtu la tenue blanche des cuisiniers.

Car le patron du *Central*, désormais, c'était Bouilloux, l'ancien coupeur de bois, le vidangeur de Libreville. L'affaire s'était conclue tout à coup, en riant, un des premiers soirs quand on avait su qu'Adèle et Timar avaient une nouvelle

concession en forêt. La partie de cartes se traînait. Adèle faisait ses comptes. Bouilloux avait
lancé par-dessus son jeu :

— Dis donc, qui va tenir la boîte, à présent ?

— Je ne m'en suis pas encore occupée.

— Tu en demandes cher ?

— En tout cas, tu n'es pas assez riche pour
te l'offrir !

Ils plaisantaient. Bouilloux s'était approché
du comptoir.

— On pourrait peut-être s'arranger. Je n'ai
jamais été bistro, mais je crois que je m'y met-
trais !

— Nous en reparlerons demain matin.

Le lendemain, c'était fait. Bouilloux versait
cinquante mille francs comptant et, pour le
reste, signait des papiers.

Il y avait trois semaines de cela, mais c'était
le premier soir qu'il prenait possession du café.
En tenue de cuisinier, il offrait le champagne
aux habitués. Pour la première fois aussi depuis
la mort d'Eugène Renaud, on avait mis le phonographe en marche et quelques habitants de
Libreville s'étaient mêlés aux pensionnaires.

Timar et Adèle, assis à une petite table, face
à face, parlaient peu. Adèle, à chaque instant,
regardait profondément son compagnon et il y
avait de l'inquiétude dans le plissement léger de
son front.

Il n'était pas malade, mais seulement fatigué,
car il venait de vivre un mois étrange, un mois
tout rempli d'événements si rapides, si dérou-
tants dans leur enchaînement qu'il ne s'était pas
rendu compte de leur importance.

Il était à peine arrivé à Libreville qu'il était assis dans le bureau d'un notaire, avec Adèle qui se plaçait à côté de celui-ci pour lire en même temps que lui, indiquer du doigt des ratures ou des corrections nécessaires. La concession était au nom de Timar, mais il y avait un contrat d'association entre lui et la veuve Renaud, qui apportait deux cent mille francs dans l'affaire, cent mille pour la concession, les cent mille autres pour la mise en valeur. Tout était prévu, régulier, et Timar, qui ne voyait aucune objection à faire, signait les documents qu'on lui tendait un à un.

Depuis lors, il y avait eu beaucoup de menus faits, mais il s'était surtout établi un rythme qui, pour lui, était devenu un besoin. Par exemple la promenade le long du quai rouge bordé de cocotiers. Timar marquait un temps d'arrêt devant le marché, puis à l'endroit où les pirogues accostaient avec le poisson, enfin sur la jetée, devant la maison du gouverneur.

Dans la chaleur, cette promenade était écœurante et pourtant il l'accomplissait chaque jour, comme un devoir, et chaque jour il se demandait chez qui il irait boire un whisky. Le plus souvent c'était chez le commissaire de police. Il s'asseyait en disant :

— Continuez votre travail !

— J'ai fini. Quoi de neuf ? Whisky ?

On bavardait, dans l'ombre tiède du bureau. Cela dura jusqu'au jour où la population de Libreville apprit l'histoire de la concession et de l'association Timar-Adèle. Du coup, le commissaire devint un autre homme. On le sentait ennuyé. Il fumait sa pipe à petites bouffées en regardant les lignes d'ombre et de lumière.

— Vous savez que l'enquête n'est pas close et qu'il n'y a rien de changé dans notre opinion ? La vérité, je vais vous la dire : le revolver nous manque, Adèle l'a caché ! N'empêche qu'un jour ou l'autre...

Et le commissaire se levait, marchait à travers la pièce.

— Vous avez peut-être commis une imprudence. Un garçon comme vous, qui a le plus brillant avenir...

Timar avait adopté une attitude invariable. Il esquissait un sourire condescendant, ironique, se levait et saisissait son casque.

— Laissons cela, voulez-vous ?

Il partait, très digne, observait sa démarche tant qu'il se croyait en vue de son interlocuteur, pour se donner l'air de quelqu'un qui sait ce qu'il fait.

Le plus logique, puisqu'il s'était mis de l'autre côté de la barricade, était de ne plus fréquenter chez les trois personnages qui représentaient le clan ennemi : le gouverneur, le commissaire et le procureur. Il alla chez les trois, poussé par un trouble instinct, par un besoin de parade ou par un espoir.

Chez le gouverneur, ce fut assez simple. On lui servit trois verres de whisky coup sur coup et son hôte lui donna une bourrade.

— Vous, mon vieux, vous êtes en train de vous couler. Ça ne me regarde pas. Mais enfin, essayez de vous arrêter à temps. Adèle est une belle fille. Au lit, c'est une affaire ! Mais après, ni-ni fini ! Compris ?

Et Timar s'était retrouvé sur le perron, avec son assurance de commande.

Chez le procureur, par contre, le choc fut brutal. Pendant que Timar attendait dans l'antichambre, le boy était entré dans le bureau qu'il connaissait bien et il entendit le procureur prononcer sans baisser la voix :

— Dites à ce monsieur que je suis très occupé et que je ne sais pas quand je pourrai le recevoir.

A part les oreilles qui s'empourprèrent, Timar ne broncha pas. Il s'habituait, même quand il n'y avait personne pour le voir, à porter son sourire désabusé.

Il parcourut le quai en sens inverse, retrouva l'hôtel noyé d'ombre, Adèle à la caisse, les pensionnaires. Il continuait à se comporter comme un client, prenant ses repas avec les autres, et jamais, en bas, il n'y avait d'intimité entre la patronne et lui. Il criait, comme Bouilloux ou comme le borgne :

— Adèle ! Un pernod.

Car on lui avait appris à boire du pernod. Il avait acquis d'autres habitudes encore, qui étaient devenues autant de rites. A midi, par exemple, avant de se mettre à table, il y avait la partie de zanzi, au bar, pour la tournée de pernod. Le soir, le dîner à peine fini, on organisait deux tables de belote et Timar en était jusqu'au bout. De temps en temps on criait, lui ou un autre :

— Adèle ! Une tournée du même !

Jusqu'au vocabulaire qu'il devait apprendre ! Parfois, les autres s'adressaient une œillade qui signifiait :

— Il fait des progrès !

Parfois aussi Timar était écœuré de se voir là, les cartes à la main, des heures durant, dans une tiédeur abrutissante, le sang épaissi par l'alcool. A ces moments-là il devenait ombrageux, prenait la mouche pour un mot, pour un coup d'œil.

En somme, il n'était plus de l'autre clan, n'avait plus rien à voir avec les officiels et les gens sérieux ; mais, d'autre part, il ne ressemblerait jamais, même après vingt ans de ce régime, aux coupeurs de bois, ni au clerc à gros ventre qui avait, pour jouer aux cartes, tout un vocabulaire inconnu de Timar.

On fermait les portes, les volets. Adèle montait la première, la bougie à la main, et le moteur qui fournissait l'électricité s'arrêtait. Sur le palier, il y avait une hésitation quotidienne. Adèle se retournait pour regarder son compagnon. Certains jours, il disait :

— Bonsoir !

Et elle répondait de même, lui tendait la bougie, entrait chez elle, sans un baiser, sans une poignée de main. D'autres fois, il murmurait :

— Viens !

Ce n'était qu'un mouvement des lèvres, mais elle devinait et, tout naturellement, elle entrait chez lui, posait la bougie sur la toilette, écartait la moustiquaire, arrangeait le lit dans lequel elle se couchait en l'attendant.

— Tu es fatigué ?

— Mais non !

Il ne voulait pas être fatigué ! En réalité, il tenait à peine debout, bien qu'il ne travaillât pas, ne fournît aucun effort. C'était une fatigue qui devait provenir d'un affaiblissement du sang et qui se traduisait surtout par le vide de la tête et par une angoisse vague qui le faisait trembler, parfois, comme si un danger l'eût menacé.

Il se jetait sur Adèle avec d'autant plus de fougue rageuse qu'il était plus mal en point. Tout en l'étreignant, il se posait des questions qui restaient sans réponse. L'aimait-elle ? Quelle sorte d'amour pouvait-elle nourrir à son égard ? Le trompait-elle, le tromperait-elle un jour ? Pourquoi avait-elle tué Thomas ? Pourquoi...

Il ne lui demandait rien. Il n'en avait pas le courage. Il avait peur des réponses. Car il tenait à elle ! Quand il errait seul le long du quai, il lui suffisait de penser à son corps nu sous la robe pour regarder les hommes avec haine.

Ce qui le troublait le plus, c'était son regard. Depuis quelque temps, elle le regardait beaucoup, elle le regardait trop ! Même dans l'obscurité de la chambre, quand il la serrait dans ses bras, il devinait son regard attaché à la tache laiteuse que devait former son visage. Elle le regardait pendant les repas, du comptoir où elle était installée. Elle le regardait encore tandis qu'il jouait à la belote ou au zanzi. Et ce regard-là c'était un regard qui jugeait, avec indulgence, peut-être, mais qui jugeait !

Que pensait-elle de lui ? Voilà ce qu'il aurait voulu savoir !

— Tu ne devrais pas boire de pernod. Cela te fait du mal.

Il en buvait quand même ! Justement parce qu'il avait tort et qu'elle avait raison !

On avait dû attendre des papiers officiels venant de Paris pour terminer les formalités. Ils étaient arrivés par le bateau cinq jours plus tôt. Timar n'avait pas voulu aller sur la jetée. C'est de sa chambre qu'il avait aperçu, en rade, le paquebot de France, et qu'il avait suivi des yeux la vedette s'acheminant vers la côte.

— Puisque l'hôtel est vendu, rien ne nous empêche de partir dès demain, lui avait dit Adèle. Il ne faut qu'une journée en pinasse pour atteindre la concession.

Mais ils n'étaient pas partis ce jour-là, ni le suivant, car Timar y mettait de la mauvaise volonté, trouvait des prétextes, ralentissait les préparatifs.

Maintenant, il était furieux, parce que le regard d'Adèle était fixé sur lui et qu'il savait très bien ce qu'elle pensait. Elle pensait qu'il avait peur, qu'au moment de quitter Libreville il était en proie à une panique irraisonnée et qu'il se raccrochait à ces petites habitudes qui étaient devenues sa vie.

C'était vrai ! Tout ce décor qui, au début, lui avait été hostile et qu'il avait haï farouchement, il le voyait soudain avec d'autres yeux. Il le connaissait dans ses détails. Des choses futiles lui semblaient émouvantes, comme ce masque blafard façonné par les nègres, qui était accroché au milieu d'un mur gris perle. Le masque était d'un blanc cru, le mur peint à la détrempe et le rapport entre les tons d'une délicatesse rare.

Le comptoir verni, à lui seul, était capable de donner l'illusion de la sécurité, car c'était le même que dans n'importe quel café de province, en France, avec les mêmes bouteilles, les mêmes marques d'apéritifs et de liqueurs.

Jusqu'à la promenade du matin, la traversée du marché, le temps d'arrêt devant les pêcheurs tirant les pirogues sur le sable !

Dans le café, autour de leur table, les conversations formaient une rumeur uniforme et de temps en temps Adèle répondait sans bouger à une phrase qui lui était lancée. Mais, les coudes sur la table, le menton dans les mains, elle ne cessait de regarder Timar qui fumait des cigarettes et rejetait la fumée par bouffées méchantes.

— Aurez-vous déjà du frêt pour le cargo allemand qui charge le mois prochain ?

— Peut-être ! disait Adèle.

Et, de la main, elle dissipait la fumée qui estompait le visage de Timar.

Bouilloux plaisantait, accentuait le grotesque de son bonnet blanc haut de quarante centimètres qu'il avait orné d'une cocarde tricolore.

— Permettez, chère amie, que je vous verse un verre d'ambroisie ! Au fait, à combien me revient-elle, cette ambroisie ? Tant que j'étais client, je la payais quatre-vingts francs la bouteille. Mais maintenant ?

On riait. Bouilloux s'excitait, risquait des plaisanteries obscènes.

— Madame couchera-t-elle ici ce soir ? Avec ce jeune homme ? Boy, vous conduirez le prince et la princesse à la chambre des glaces !

Il n'y avait que Timar à ne pas rire. Et pourtant son malaise était plus physique que moral, comme si on lui eût fait respirer un air délétère. Son front ruisselait. Il avait déjà remarqué qu'il suait plus que les autres et il en avait honte, comme si c'eût été une tare. Au lit, il arrivait souvent à Adèle de se pencher sur lui pour passer une serviette sur sa poitrine.

— Comme tu as chaud !

Elle avait chaud aussi, mais cela n'avait pas ce caractère d'intensité et surtout sa peau restait douce.

— Tu verras que tu t'habitueras au pays ! quand nous serons là-bas...

Là-bas, c'était en pleine forêt, mais ce n'était pas de la forêt qu'il avait peur. Depuis qu'il était à Libreville, il avait appris que les fauves ne s'attaquent pas à l'homme, surtout au blanc, que les serpents tuent moins de gens que la foudre et que les nègres de la brousse, ceux qui ont l'air le plus sauvage, sont aussi les plus dociles.

Il y avait des léopards, des éléphants, des gorilles, des gazelles et des crocodiles. Chaque jour, ou presque, un chasseur revenait avec des peaux. Même les insectes, les mouches tsé-tsé qu'il avait vues dans la ville, ne l'effrayaient plus trop, à part un petit sursaut purement instinctif.

Non ! il n'avait pas peur. Seulement, il fallait quitter Libreville, l'hôtel, la chambre aux rais de lumière et d'ombre, le quai de terre rouge et la mer bordée de cocotiers, tout ce qu'il détestait, en somme, y compris le zanzi au pernod et la belote au calvados ! Ces choses-là avaient fini par former autour de lui une ambiance qu'il connaissait et il s'y mouvait sans effort, en se fiant à ses réflexes.

C'est ce qui était précieux, car il était devenu paresseux, d'une paresse intégrale ! Il ne se rasait plus que deux fois par semaine, restait parfois des heures assis dans le même fauteuil, à regarder droit devant lui, sans penser !

De La Rochelle, qu'il aimait, il était parti allégrement, avec tout juste, quand le train s'ébranlait, et quand ses parents agitaient des mouchoirs, un sourd pincement au cœur. Or, il ne parvenait pas à s'arracher à Libreville ! Il y était englué. Même quand il avait vu le bateau, en rade, il n'avait pas eu le désir de partir, ce qui n'avait pas empêché ensuite un cafard de quarante-huit heures.

Tout le dégoûtait, et lui le premier, mais ce dégoût, cette veulerie étaient aussi un besoin. C'est pourquoi il devenait méchant quand il sentait peser trop longtemps sur lui le regard d'Adèle. Elle comprenait ! Ce qu'elle ne comprenait pas, elle le devinait !

Alors, pourquoi l'aimait-elle ou faisait-elle semblant de l'aimer ?

— Je vais me coucher ! dit-il en se levant.

Il regardait les pensionnaires qui étaient tous ivres. Aujourd'hui, il n'avait pas besoin d'attendre la fermeture. Adèle n'était plus la patronne. C'est Bouilloux qui arrêterait le moteur, fermerait les portes et les volets, monterait le dernier, avec la bougie !

— Bonsoir, messieurs !

Adèle s'était levée en même temps que lui et ce fut sa première satisfaction de la soirée, car elle avait accompli ce geste comme s'il eût été tout naturel.

— Au revoir, mes amis !

— C'est vrai que tu pourrais nous embrasser ! On ne vous verra pas, demain matin, quand vous partirez.

Elle fit le tour de l'assemblée en tendant sa joue. Le borgne, plus émoustillé que les autres, caressa son sein en l'embrassant, mais elle feignit de ne pas s'en apercevoir.

— Tu viens ? dit-elle en s'approchant de Timar.

Ils s'engagèrent dans l'escalier ; les éclats de voix continuaient derrière eux, dans le café sonore. Ils avaient toujours la même chambre, celle où Timar avait dormi pour la première fois sur la terre d'Afrique.

— Tu avais bien mauvaise mine, ce soir. Tu ne te sens pas bien ?

— Moi ? très bien !

C'étaient les gestes de tous les jours, la moustiquaire qu'elle ouvrait d'abord, le drap qu'elle repliait, les oreillers qu'elle secouait après s'être assurée qu'il n'y avait pas de scorpions ou de petits serpents dans le lit. Elle retirait enfin sa robe d'un mouvement toujours le même.

— Il faudra nous lever à cinq heures, afin d'arriver avant la nuit.

Tout en retirant sa cravate, Timar se regardait dans la glace. Le miroir était mauvais, la bougie l'éclairait mal et l'image reflétée était sinistre, à cause surtout de la bouffissure des paupières.

Il se souvint d'Eugène, deux fois plus fort que lui, qui était descendu pour annoncer en pleine fête, d'une voix à peine rauque, qu'il allait crever de bilieuse hématurique.

En se retournant, il vit la nudité d'Adèle qui s'était assise au bord du lit pour retirer ses chaussures.

— Tu ne te déshabilles pas ?

A cet instant précis, il pensait :

« Eugène est mort, mais elle, elle reste ! »

Il ne concluait pas. Il préférait rester dans le vague. Il avait un peu peur, une peur superstitieuse : il irait là-bas avec elle ; il mourrait comme Eugène ; et elle, avec un autre, peut-être dans cette même chambre...

Il retira ses vêtements, se dirigea vers le lit.

— Tu n'éteins pas ?

Il retourna sur ses pas pour souffler la bougie.

— A quelle heure as-tu dit ? questionna-t-il en faisant grincer le sommier.

— Cinq heures.

— Tu as réglé le réveil ?

Il lui tournait le dos, cherchait dans l'oreiller le creux familier, sentait la chair chaude d'Adèle contre lui. Elle ne dit rien. Il ne dit rien non plus. Pour ne pas parler le premier, il feignait de dormir, mais il avait les yeux ouverts, les sens en éveil. Il savait qu'elle ne dormait pas, que, couchée sur le dos, elle regardait le halo grisâtre du plafond.

Cela dura longtemps, si longtemps qu'il faillit s'endormir. Il était déjà dans un demi-sommeil quand il entendit une voix qui disait :

— Bonsoir, Jo !

Il tressaillit, ne bougea pas. Il lui semblait que ce n'était pas tout à fait la voix d'Adèle. Il y avait quelque chose de changé. Peut-être se passa-t-il trois minutes avant qu'il sentît que le lit était légèrement secoué et il se retourna tout d'une pièce, se trouva assis, scrutant l'obscurité.

— Tu pleures ?

Le mot fut ponctué par un sanglot comme s'il eût permis enfin à la femme de s'extérioriser.

— Couche-toi, supplia-t-elle d'une voix mouillée. Viens !...

Elle le forçait à s'étendre. Elle entourait sa poitrine de son bras et elle balbutiait, avec de l'attendrissement dans ses larmes :

— Méchant ! pourquoi es-tu si méchant ?

7

Comme le jour se levait, la pinasse quitta la jetée. C'était la camionnette de Bouilloux qui avait amené Adèle, Timar et les bagages. L'auto restait sur le quai, dans la lumière encore terne, et Bouilloux agitait la main tandis que l'embarcation s'enfonçait dans une première houle, se redressait pour disparaître à nouveau.

Il y avait de la mer. Pour gagner l'embouchure de la rivière, il fallait prendre la lame de travers. Un nègre coiffé d'un vieux casque tenait la barre. Il portait un veston de drap sur un maillot de bain en coton noir, et il eût été difficile de dire pourquoi il n'était pas ridicule. Il regardait devant lui, le visage hermétique, ses deux mains plus claires que le reste du corps sur la roue du gouvernail.

Adèle resta debout tant qu'on put voir Bouilloux et son auto, puis elle s'assit à l'arrière. Elle était vêtue comme tous les jours, sauf les jambes qui étaient gainées de bottes souples destinées à les protéger des moustiques.

C'était l'heure la plus dure à passer. Ils

s'étaient levés trop tôt, dans l'obscurité, et ils s'étaient occupés nerveusement des bagages. Maintenant, la houle les secouait ; la lumière n'était pas encore la vraie lumière du jour.

Ils ne parlaient pas, ne se regardaient pas. Ils étaient comme des étrangers, malgré la scène de la nuit, peut-être à cause de cette scène qui laissait à Timar une sensation pénible. Il n'aurait pas pu la décrire, car il avait perdu tout sang-froid, tout sens de réalité, des choses positives.

— Pourquoi pleures-tu ? Dis-moi pourquoi tu pleures !

Déjà quand il l'avait questionnée ainsi, il y avait un décalage. Il était crispé, à demi menaçant, parce qu'il avait sommeil et qu'il prévoyait de longues explications.

— Dors ! C'est fini !

Il avait allumé la bougie, s'était fâché, avait reproché à Adèle de ne rien comprendre. C'était lui et non pas elle qui avait lieu d'être triste ! En fin de compte, il avait piqué une vraie crise et, penchée sur lui, elle avait dû le calmer. Tout cela dans la chaleur du lit, dans l'humidité des larmes et de la transpiration. La fin avait été plus ridicule encore, puisqu'il avait demandé pardon !

— Mais non, Jo ! Dors ! Tu vas avoir un sommeil agité.

Il s'était endormi meurtri, la tête contre son sein, et voilà que le matin tout était oublié, qu'il n'y avait pas entre eux la moindre effusion, mais plutôt un froid.

On longeait, à un demi-mille au large, la ligne des cocotiers. Quand on eut dépassé Libreville, on vira de bord et quelques minutes plus tard on entrait dans la rivière en même temps que dans le soleil.

Ce fut la fin de la nuit et de tout ce qu'elle avait comporté de risible et de maladroit. Timar tourna vers Adèle des yeux qui riaient, caressaient les objets, le paysage.

— Ce n'est pas laid ! dit-il.

— Encore plus beau.

Il alluma une cigarette et, à ce moment, tout son être était optimiste. Adèle souriait aussi. Elle se leva pour se rapprocher et regarder le paysage en même temps que lui, tandis que le nègre fixait l'horizon et tournait sa roue avec indifférence.

Quelques pirogues étaient immobiles dans le courant. Au passage, on devinait les nègres, plus immobiles encore, qui pêchaient. C'était d'un calme irréel, exaltant. On avait envie de chanter quelque chose de lent et de puissant comme une hymne religieuse qui dominerait le bruit de la scierie et le ronron de la pinasse.

On grignotait l'espace, doucement, en laissant en arrière de longues stries sur l'eau. On sentait les coups d'hélice. On dépassait un arbre, puis un autre.

Après le premier tournant, il n'y eut plus de scierie à gauche, ni d'océan derrière. Il n'y eut plus que les deux berges, la forêt qu'on frôlait parfois à un mètre. Elle était faite d'arbres pittoresques, de palétuviers dont les racines sortaient de terre et atteignaient la hauteur d'un homme, de fromagers blafards, au tronc triangulaire, qui ne portaient de feuilles qu'à l'extrême sommet. Partout des lianes, des roseaux et, partout aussi, surtout, le silence que le bourdonnement régulier du moteur découpait comme une charrue.

— L'eau est profonde ? demanda Timar avec la simplicité d'un promeneur du dimanche sur la Marne.

Le nègre ne prit pas la question pour lui. Adèle répondit :

— Ici, il y a peut-être trente mètres. A d'autres endroits, on racle le fond.

— Il y a des crocodiles ?

— On en voit parfois.

Un seul mot convenait pour définir ce moment-là, le mot vacances. Timar était en vacances ! Le soleil même lui semblait plus gai que d'habitude !

On aperçut un premier village nègre : quatre ou cinq huttes entre les arbres, au bord de l'eau, et une demi-douzaine de pirogues amarrées. Des enfants nus regardaient passer la pinasse. Une femme qui se baignait s'enfonça jusqu'au cou en criant.

— Tu n'as pas faim, Jo ?

— Pas encore.

Il avait une âme de touriste ! Il regardait consciencieusement le paysage, sans rien perdre.

— Montre-moi un ocoumé.

Elle chercha, finit par lui désigner un arbre.

— C'est ça ? Et ça vaut si cher ?

— C'est le seul bois qui convienne pour le

contre-plaqué. On le déroule à la machine. Tout le travail est mécanique.

— Et un acajou ?

— Il n'y en a pas ici. Nous en verrons plus haut, dans une heure ou deux.

— Et un ébène ?

— Tout à l'heure aussi. En aval, les arbres précieux ont été abattus depuis longtemps.

— Mais nous avons encore des ébènes ?

C'était la première fois qu'il disait nous !

— De l'ébène et de l'acajou, oui ! Le vieux Truffaut m'a donné en outre une idée qui ne doit pas être mauvaise. La concession est pleine d'orchidées. Il a un livre qui traite de la question et qu'il m'a donné. Certaines orchidées se vendent, en Europe, jusqu'à cinquante mille francs le plant. Or, il en a trouvé qui ressemblent à la description du bouquin.

Pourquoi tout était-il si beau ce matin-là ? Tout s'arrangeait ! Le paysage était encourageant. Faisait-il aussi chaud que les autres jours ? Timar ne s'en apercevait pas !

Il y avait deux heures qu'on naviguait. A certain moment, la pinasse obliqua, piqua droit vers la rive, où l'avant s'échoua sur le sable. Le nègre, toujours impassible, arrêta le moteur, lança une amarre à une femme qui se trouvait là, avec pour tout vêtement une touffe d'herbes sèches sur le sexe. Elle avait des seins comme jamais Timar n'en avait vu, larges, épais, d'une plénitude somptueuse.

— Que faisons-nous ? questionna-t-il.

Le nègre se retourna.

— Froidir moteur.

Il n'y avait que quelques pirogues, un village d'une quinzaine de cases. Timar et Adèle sautèrent sur la berge tandis que la négresse riait avec le mécanicien.

Au milieu de la clairière, s'étalait le marché. Cinq femmes, dont quatre très vieilles, étaient accroupies devant des nattes qui constituaient leur étalage. Ici encore, le calme était absolu et l'échelle des choses, l'échelle des êtres, toutes les proportions naturelles semblaient renversées.

Au pied des arbres hauts de cinquante mètres, dans cette forêt dont nul ne connaissait les limites, il n'y avait, sur les nattes, que quelques poignées de manioc, quelques bananes, quatre ou cinq petits poissons fumés. Les vieilles femmes étaient nues. Deux d'entre elles fumaient la pipe. La troisième allaitait un gamin de deux ans qui, de temps en temps, se tournait avec curiosité vers les blancs.

Aucun contact entre ceux-ci et les indigènes. Pas un salut. Adèle marchait la première, regardait les petits tas de marchandises, se penchait pour jeter un coup d'œil dans les cases. Elle se baissa et prit une banane qu'elle ne paya pas.

Il n'y avait pas d'hostilité non plus ! C'étaient des blancs ! Ils faisaient ce qu'ils voulaient, parce qu'ils étaient blancs !

Soudain, Adèle dit :

— Attends-moi un instant.

Et elle marcha résolument vers une hutte plus grande que les autres qui se dressait à l'écart. Elle y entra sans hésiter, pendant que Timar restait à regarder ce qui constituait le marché.

Connaissait-elle quelqu'un ici ? Quelle idée lui avait passé par la tête ?

Il se lassa de regarder les vieilles et leurs pauvres victuailles et il revint vers la pinasse. Le nègre était descendu à terre. On le voyait à contre-jour, dans le ruissellement de la lumière qui jaillissait du feuillage et des lianes. Il se tenait debout près de la jeune négresse nue. Ils étaient tout près l'un de l'autre, mais ils ne se touchaient que du bout des doigts. Et ils riaient. Ils émettaient des syllabes sourdes et lentes qui ne devaient rien exprimer, sinon leur contentement. Timar, ne voulant pas les déranger, revint sur ses pas. Adèle n'était pas encore de retour. Il faillit la rejoindre dans la hutte, mais n'osa pas. Désœuvré, il tira un paquet de cigarettes de sa poche. Un gamin tout nu tendit la main, avec une moue suppliante.

A trois mètres, la main d'une vieille se tendit aussi et, quand il y eut jeté une cigarette, ce fut la ruée. Toutes les négresses furent autour de lui, bras tendus, corps le frôlant, à se disputer le tabac. Elles criaient, riaient, se bousculaient, s'agenouillaient pour rechercher dans la poussière une cigarette tombée. Adèle, qui arrivait, sourit en voyant Timar aux prises avec elles.

— Partons ! dit-elle.

Et, en passant, elle prit une seconde banane. Ce fut à bord seulement, une fois le moteur en marche, qu'il demanda :

— Où es-tu allée ?

— Ne t'inquiète pas.

— Tu connais quelqu'un du village ?

— Ne t'occupe pas de ces choses-là.

La pinasse avançait dans un air plus chaud, plus lourd, et Timar avait soudain, dans la poitrine, un pincement désagréable.

— Tu ne veux pas me dire la vérité ?

Elle souriait, d'un sourire humble et tendre.

— Je te jure que ce n'est rien !

Pourquoi évoqua-t-il une vieille histoire qu'il croyait avoir oubliée ? C'était une de ses premières aventures féminines. Il avait dix-sept ans. Il avait passé trois jours à Paris et un soir il s'était laissé entraîner par une femme dans un hôtel de la rue Lepic. Quand ils étaient redescendus, la femme avait dit, comme Adèle, une fois dans le corridor :

— Attends-moi un instant !

Elle était entrée dans le bureau. Il avait entendu un murmure de voix, puis elle était revenue vers lui, enjouée.

— Partons.

— Pourquoi es-tu allée là ?

— Ne t'inquiète pas. Ce sont des affaires de femmes.

Trois ans plus tard, seulement, il avait compris qu'elle avait touché au bureau son pourcentage sur le prix de la chambre.

Pourquoi, sur la rivière, faisait-il ce rapprochement ? Il ne put le dire. En regardant Adèle plus animée que d'habitude, il revoyait l'autre, dont il n'avait jamais su le nom.

— C'était une case de nègre ?

— Bien sûr ! Il n'y a pas de blancs par ici.

Et, comme il fronçait les sourcils :

— Ne fais pas cette tête-là, Jo ! je te jure que cela n'en vaut pas la peine !

Indifférent sous son casque troué et grais-seux, le nègre regardait droit devant lui, en tour-nant la barre à petits coups.

L'incident de la case était-il seul responsable ? La fatigue, la chaleur devaient être aussi pour quelque chose dans l'état d'esprit de Timar. Le soleil était juste au-dessus des têtes et la vitesse de la pinasse ne suffisait plus à créer un sem-blant de fraîcheur. Le paysage, toujours le même, devenait écrasant.

Il avait mangé une boîte de pâté tiède et du pain rassis. Par contre, il avait déjà bu deux verres d'alcool.

C'était son heure. Vers le milieu de la matinée, il sentait un creux dans sa poitrine et il ne retrouvait son aplomb qu'après avoir avalé un peu d'alcool.

Adèle continuait à montrer de la bonne humeur. Mais elle en montrait trop et Timar ne trouvait pas cette bonne humeur naturelle. D'habitude, elle ne s'évertuait pas autant à le distraire coûte que coûte. Elle était plus simple, plus calme.

Que pouvait-elle avoir à faire dans la case d'un nègre ? Et pourquoi, ensuite, ces sourires, ces coquetteries ?

Timar avait fini par s'asseoir au fond de la pinasse et, tandis que son regard glissait, à la vitesse du bateau, sur la cime irrégulière des arbres, il s'ulcérait à nouveau.

— Donne-moi la bouteille !

— Jo !

— Eh bien, quoi ? Je n'ai plus le droit d'avoir soif ?

Elle lui tendit, résignée, le flacon de whisky, balbutia si bas qu'il l'entendit à peine :

— Fais attention !

— A quoi ? Aux négresses que je pourrais aller voir dans leur hutte ?

Il savait qu'il était injuste. Depuis quelque temps, cela arrivait souvent, mais il était incapable de réagir.

A ces moments-là, il avait la conviction qu'il était très malheureux, que c'était lui le sacrifié et qu'il avait le droit d'en vouloir à tout le monde.

— Tu ne vas tout de même pas rouspéter, toi qui as gagné ta vie en saoulant les gens !

Il y avait un fusil dans le fond du bateau, pour le cas où on rencontrerait du gibier, mais on ne voyait rien, hormis quelques oiseaux. Par contre, les mouches ne manquaient pas et il fallait sans cesse agiter la main pour les écarter du visage. Timar, qui savait la rivière infestée de tsé-tsé, avait un sursaut chaque fois qu'un insecte se posait sur sa peau.

Soudain il se leva, à cran, retira son veston sous lequel il ne portait qu'une chemise à manches courtes.

— Tu as tort, Jo. Tu vas attraper du mal.

— Et après ?

Il n'avait pas moins chaud sans veston, au contraire ! Mais la sueur ne stagnait plus, visqueuse, sous ses bras et sur sa poitrine. C'était une autre sensation, une cuisson intense, presque voluptueuse, de la peau.

102

— Donne-moi la bouteille.

— Tu as assez bu.

— Je te dis de me donner la bouteille !

Et il s'obstinait d'autant plus qu'il savait que le nègre, malgré son indifférence apparente, écoutait tout, les jugeait, elle, et lui ! Par défi, il but goulûment, puis il s'étendit sur le banc et posa la tête sur son veston roulé en boule.

— Ecoute, Jo, le soleil est dur et...

Il ne répondit même pas Il avait sommeil. Il était accablé, prêt à crever là s'il le fallait, mais incapable d'un effort, fût-ce pour rester assis.

Pendant une heure ou deux ou trois, il sombra dans un sommeil étrange. Il dormait la bouche ouverte et son corps devenait un monde où il se passait des choses mystérieuses.

Etait-il un arbre, une montagne ? Deux ou trois fois, il ouvrit les yeux et entrevit Adèle qui essayait de lui faire de l'ombre.

Soudain, ce fut un bruit de catastrophe, une sensation violente, brutale, qui le jeta en bas de son banc. Il se leva, hagard, les poings serrés, les yeux hors de la tête.

— Que me veut-on encore ?

La pinasse était penchée et l'eau courait à une vitesse folle le long du bord. Dans une sorte de demi-conscience, Timar vit le nègre qui enjambait le bastingage. Il crut qu'il était traqué, qu'on l'avait fait tomber dans un guet-apens et il se précipita sur le noir qu'il renversa dans l'eau d'un coup de poing en pleine figure.

— Ah ! c'est comme ça ! Eh bien ! on va voir !

Il n'y avait pas cinquante centimètres d'eau. La pinasse était échouée dans un rapide. Le nègre se relevait péniblement et Timar cherchait le fusil qu'il avait vu le matin au fond du bateau.

— Saloperie ! On va voir, oui...

Mais il heurta quelque chose, il ne sut jamais quoi, peut-être un banc, peut-être le fusil qu'il cherchait. Il vacilla. En tombant, il eut le temps, dans un éclair, de voir Adèle qui le regardait avec effroi, mais surtout avec désespoir. Sa tête porta sur un objet dur.

— Saloperie ! répéta-t-il.

Et tout tourna, tout bougea, des objets montèrent vers le ciel, des ombres descendirent d'en haut.

Il eut encore, pourtant, des moments de demi-conscience. Une fois qu'il ouvrait les yeux, il était assis au fond de la pinasse et le nègre lui soutenait le torse tandis qu'Adèle, soulevant ses bras avec peine, passait à Timar son veston de toile.

Une autre fois, c'était le visage d'Adèle penché sur lui. Il était couché. Il y avait un peu de fraîcheur mouillée à ses tempes et une cuisson le long de ses mains, sur sa nuque, sur sa poitrine.

Enfin on le porta. Pas seulement deux personnes, mais peut-être dix, peut-être cent ! Une multitude de nègres, dont les jambes s'agitaient à hauteur de sa tête !

Ils parlaient un langage que Timar ne connaissait pas et Adèle employait ce langage.

Derrière les jambes de nègres, il y avait des arbres, beaucoup d'arbres, puis de l'obscurité qui exhalait des moiteurs de terreau.

8

Ce qu'il regarda avant tout, quand il fut assis sur son lit, ce ne fut pas Adèle, qui l'avait aidé à se redresser, mais les murs autour de lui. Ils étaient vert pâle. Donc il n'avait pas rêvé. Si un détail était vrai, tout était vrai.

Timar fronça les sourcils, le regard sournois, la bouche mauvaise, se faisant à lui-même l'effet d'un juge.

— Depuis combien de jours suis-je ici ?

Il fixa Adèle avec l'air de vouloir la prendre en défaut.

— Quatre jours. Pourquoi me regardes-tu ainsi ?

Elle se moquait encore de lui et elle riait d'un rire nerveux, involontaire.

— Donne-moi un miroir !

Pendant qu'elle le cherchait, il passa sa main sur ses joues non rasées. Il avait maigri. Ses yeux étaient méconnaissables, et voilà que, rien que de faire quelques mouvements, il était fatigué.

— Où est Bouilloux ?

Il se savait inquiétant et il y prenait plaisir. Il devinait que son regard fixe de fiévreux faisait peur.

— Bouilloux ? Mais nous ne sommes plus à Libreville ! Nous sommes chez nous, dans la concession.

— Où est Bouilloux ?

Il avait encore bien d'autres questions à poser ! Des questions ? Plutôt un réquisitoire ! Car, tandis qu'il était couché, avec quarante et un de fièvre, il avait beaucoup vu, beaucoup entendu. Et du moment que la chambre était verte...

C'était le deuxième jour sans doute, en tout cas au début, qu'Adèle, après avoir mis de l'ordre, avait regardé les murs avec mauvaise humeur. Il l'avait entendue circuler à l'étage au-dessous, donner des instructions et, plus tard, elle avait badigeonné les cloisons de chaux verte.

Elle ne devait pas savoir qu'il la regardait. Il avait les yeux grands ouverts. Pour le plafond, elle avait appelé quelqu'un.

— Alors, Bouilloux ?

Il fallait en finir avec cette question-là, car il en avait une autre en réserve.

— Il n'est pas venu ici, Jo, je le jure !

Tant pis ! pour Bouilloux, on verrait plus tard, bien qu'il fût presque sûr d'avoir entendu sa voix au rez-de-chaussée et même de l'avoir entendu dire :

— Ma pauvre petite Adèle !

N'avait-elle pas entrouvert la porte, le soir,

pour permettre à l'ex-coupeur de bois d'apercevoir Timar ?

— Et le Grec ?

Elle ne pourrait pas mentir car, celui-là, il était certain de l'avoir vu, bien vu, non pas une fois, mais quatre ou cinq ! Un grand garçon aux cheveux huileux, au maigre visage tanné, qui avait un tic : à chaque instant, il fermait l'œil droit.

— Constantinesco ?

Oui ! Quand les murs avaient été peints, elle l'avait appelé pour tenir l'échelle pendant qu'elle badigeonnait le plafond, et Timar avait très bien vu.

— Que fait-il ici ?

— C'est le contremaître. Il a travaillé jadis dans la concession et je l'ai engagé. Tu devrais te reposer, Jo ! Tu es en sueur.

Il avait besoin de parler, de questionner, d'être méchant. Il se souvenait avec horreur de certaines choses.

Par exemple, il avait eu froid comme jamais de sa vie il n'avait imaginé qu'on pût avoir froid. Et pourtant il était trempé des pieds à la tête, il claquait des dents, il criait :

— Qu'on apporte des couvertures, nom de Dieu ! Qu'on fasse du feu !

Adèle lui répondait doucement :

— Tu as déjà quatre couvertures.

— Ce n'est pas vrai ! On veut me faire mourir de froid ! Où est le médecin ? Pourquoi n'a-t-on pas appelé le médecin ?

Et cela formait des cauchemars hallucinants.

Timar voyait, dans un lit voisin, Eugène qui le regardait avec flegme.

— T'es pas encore habitué, petit ! Tu t'y feras. Moi, je suis déjà plus avancé, tu comprends !

Plus avancé en quoi ? Timar se fâchait, hurlait, appelait Adèle qui était tout près de lui.

Ah ! s'il avait pu la tuer ! Mais il n'avait pas d'arme ! Elle se moquait de lui ! Avec Constantinesco, qui entrait sur la pointe des pieds et qui murmurait :

— Toujours quarante et un ?

Maintenant, on allait tirer ces choses-là au clair ! Il n'avait plus de fièvre ! Il voyait nettement les objets. Il battait des cils pour s'assurer de l'exactitude de sa vision.

— J'ai eu de l'hématurie, pas vrai ?

— Mais non, Jo ! Ce n'est pas du tout ça, l'hématurie. Tu as eu une crise de dengue, comme presque tous les nouveaux venus à la colonie. Ce n'est pas grave !

Ah ! Ah ! Ce n'était même pas grave !

— Tu as dû être piqué par une mouche sur la rivière et, le soleil aidant, la dengue t'a pris brutalement. On fait tout de suite quarante et un, mais jamais personne n'en est mort.

Il cherchait à savoir si elle avait changé. Il se pencha même pour voir si elle portait ses bottes. Elle les avait aux pieds.

— Pourquoi es-tu équipée ainsi ?

— Il faut que j'aille de temps en temps surveiller le chantier.

— Quel chantier ?

— On remet les machines en état.

— Qui ?

Et ce « qui » était une menace.

— Constantinesco. Il est mécanicien.

— Encore qui ?

— Nous avons deux cents travailleurs indigènes, qui sont occupés à installer leurs cases.

— Nous ? Qui, *nous* ?

— Mais nous deux, Jo ! Toi et moi.

— Ah ! bon.

Il avait cru que c'était elle et Constantinesco. Il était déjà à bout de forces. La sueur, sur son corps, devenait froide. Adèle tenait une de ses mains dans les siennes et le regardait sans tristesse, avec même un rien d'ironie, comme on regarde un enfant qui fait le fou.

— Ecoute, Jo ! Tu dois essayer de te calmer. Demain, tu pourras te lever. La dengue abat quelqu'un en un rien de temps, mais elle disparaît avec la même rapidité. Demain, nous parlerons gentiment de nos affaires. Tout va bien.

— Couche-toi près de moi !

Elle eut une seconde, moins d'une seconde, d'hésitation et il eut honte, car il savait que son lit sentait le malade.

— Plus près.

Il avait les yeux mi-clos. Il la voyait à travers la grille des cils et c'était un peu flou. Il laissa glisser sa main le long des jambes.

— Ne t'énerve pas, Jo !

Tant pis ! Il avait besoin, lui, d'affirmer qu'elle était à lui ! Il l'affirmait, moite, tremblant, le regard méchant. Quand il retomba sur l'oreiller, épuisé, une angoisse dans tout le corps, elle se leva tranquillement, rajusta sa robe et dit sans rancœur :

— Grand fou ! Tu es un vrai gamin, mon grand gamin...

Il n'entendait plus. Il n'écoutait plus que les palpitations de son cœur, les battements du sang sous ses tempes.

Ils l'aidèrent tous les deux, Adèle et Constantinesco, le lendemain, à s'installer dans la grande pièce du rez-de-chaussée. De loin, le Grec pouvait paraître jeune, grâce à sa minceur et à ses cheveux noirs, mais, de près, on découvrait une tête déjà burinée, des traits irréguliers et sans séduction. Il était respectueux, obséquieux même. Quand il parlait, il guettait l'approbation de Timar. La maison était vide. On avait dû jeter presque tout ce qui s'y trouvait, meubles et objets, qui formaient dehors un monceau de saletés auquel on avait mis le feu. On n'avait gardé que quelques pièces indispensables, des tables, des chaises, deux lits, et encore avait-il fallu les désinfecter.

Timar fut installé dans un fauteuil-hamac. La pièce, qui s'ouvrait de trois côtés sur la véranda, était vaste et les murs de brique rouge à l'intérieur comme à l'extérieur lui donnaient un cachet très colonial. Dehors, le terrain descendait en pente raide jusqu'à la rivière où cent cinquante noirs travaillaient à édifier des huttes. Des trois autres côtés, à moins de cinquante mètres de la maison, c'était déjà la forêt.

— Où couche Constantinesco ? demanda-t-il avec un reste de méfiance.

— Dans une càse pareille aux cases indigènes, derrière le hangar.

— Avec qui mange-t-il ?

110

— Il a une négresse avec lui. Ils vivent ensemble.

Il eut de la peine à réprimer un sourire et il détourna la tête, car il sentait qu'Adèle s'en apercevait.

— Tu vois, Jo ! C'est bien ce que je t'avais dit : la maison est solide, pratique, la concession, dont j'ai fait le tour, est la meilleure de tout le Gabon et j'ai déjà trouvé des travailleurs. Maintenant, pendant quelques jours, il faut te reposer. Constantinesco suffit sur les chantiers.

— Oui !

N'empêche qu'il restait morne. Il savait que ce n'était pas quelques jours de repos qui lui permettraient de travailler comme les autres. Il les voyait aller et venir, dans le soleil, et rien que l'idée d'affronter la réverbération qui régnait sous la véranda l'effrayait physiquement.

A quoi serait-il bon, lui, alors qu'Adèle était tellement à son aise, et si simple dans sa robe de soie noire, avec son casque blanc et ses bottes souples ! Elle déambulait parmi les noirs dont elle parlait le dialecte et elle leur donnait des ordres comme si elle eût passé toute sa vie parmi eux.

Elle avait trouvé quelques livres aux pages piquées parmi les objets laissés par le vieux Truffaut. Il y avait un Maupassant, un Loti et un traité de chimie.

Il fut incapable de lire les romans. En Europe, il les dévorait. Ici, il se demandait pourquoi on s'était donné la peine d'imprimer tant de phrases.

Quand Adèle vint le rejoindre, elle le trouva plongé dans le traité de chimie.

Les jours passaient, pareils pour Timar. Le matin, il descendait, seul ou appuyé au bras d'Adèle. Il s'installait dans la grande pièce et, de temps en temps, se levait pour faire quelques pas.

Autour de lui, tout le monde travaillait déjà, car Constantinesco donnait le coup de cloche à six heures. Il venait, botté, la cravache à la main, faire son rapport à Adèle, qui ne l'invitait pas à s'asseoir et qui le traitait sans familiarité.

— J'ai laissé vingt hommes pour achever les huttes et j'ai mis tous les autres en forêt. Les tables pour la maison seront finies ce soir. Enfin, j'ai envoyé le chasseur tuer un buffle pour la nourriture des noirs.

Timar était effaré par le travail effectué pendant sa maladie. Pourtant, autant qu'il s'en souvenait, chaque fois qu'il avait ouvert les yeux Adèle était à son chevet, ce qui ne l'avait pas empêchée de tout régler, de tout diriger ! Il est vrai qu'elle était plus pâle, le cerne de ses yeux plus profond.

— Il faudra édifier un hangar pour la pinasse, sinon, le jour où l'on en aura besoin, le moteur ne marchera pas.

— J'y ai pensé. Deux hommes plantent les poteaux, à gauche du village des travailleurs.

Adèle et Timar restaient seuls. Elle continuait à s'occuper.

— Tu verras, Jo, que tu t'habitueras. C'est un

des coins les plus sains. Dans trois ans, nous retournerons en France avec notre million.

Voilà bien ce qui effrayait Timar ! Il n'avait pas envie de retourner en France ! Pour quoi faire ? Où se fixerait-il ? Rentrerait-il dans sa famille ? Garderait-il Adèle ?

Les deux romans qu'il avait essayé de lire lui avaient révélé qu'il n'avait plus sa place nulle part. Jamais il n'irait à La Rochelle passer des heures avec des amis à la terrasse du *Café de la Paix* !

Vivre à Paris avec Adèle ? Mais Adèle, en France...

Non ! il aimait mieux ne pas y penser ! On verrait ! En attendant, il essayait de s'acclimater, se créait des habitudes, se familiarisait avec le paysage. Dans quelques jours, il pourrait sortir. Il surveillerait les noirs qu'il voyait grouiller au bord de l'eau. Il irait en forêt et c'est lui qui désignerait les arbres à abattre.

Il était encore trop vide. Dès qu'il avait marché cinq minutes dans la pièce, dont le sol était en briques rouges comme les murs, il devenait vague et devait s'asseoir.

— Tu es sûre que Bouilloux n'est pas venu pendant ma maladie ?

— Pourquoi demandes-tu ça ?

Elle riait, mais du même rire que lorsqu'il l'avait questionnée sur sa visite à la case nègre, si bien qu'il avait des alternatives de détente et de méfiance, voire des alternatives d'amour et de haine.

Quand elle n'était pas près de lui, il devenait nerveux et, cent fois, il se traînait jusqu'à la

113

véranda pour s'assurer qu'elle ne revenait pas encore. Il était déjà plus tranquille quand il apercevait Constantinesco dans une direction opposée à celle qu'elle avait prise.

Le troisième jour, il eut une vraie joie et, malgré les conseils d'Adèle, il sortit de la maison. Soixante nègres, attelés à une énorme bille d'ocoumé, traînaient celle-ci sur des rouleaux jusqu'à la rivière.

Le premier arbre ! Son premier arbre ! Les jambes molles, il rôdait autour des noirs à peu près nus dont il reniflait l'âcre odeur. Derrière eux, Constantinesco, toujours botté, lançait des ordres en dialecte indigène. La bille n'avançait que décimètre par décimètre. Les corps étaient ruisselants. Les travailleurs haletaient.

— Combien cela vaut-il ? questionna Timar qu'Adèle avait rejoint.

— Environ huit cents francs la tonne, mais il y a trois cents francs de transport. Cette bille-là doit laisser deux mille francs de bénéfice.

Il était étonné que ce bloc de bois monstrueux ne coûtât pas plus cher.

— Et si c'était de l'acajou ?

Elle ne répondit pas. Elle tendait l'oreille.

Il perçut, lui aussi, le bourdonnement encore lointain d'un moteur.

— Une pinasse !

La bille descendait toujours vers la berge et des hommes s'étaient mis à l'eau pour la haler. C'était le soir. Dans une demi-heure, la nuit tomberait. Il y avait longtemps que Constantinesco, qui avait vingt ans de Gabon, avait retiré son casque.

Au moment même où la bille, solidement amarrée, telle une grosse bête prisonnière, commençait à flotter, une pinasse déboucha du tournant et vint s'échouer sur le sable.

Elle contenait deux nègres et un blanc qui sauta à terre, serra la main d'Adèle.

— Déjà installée ?

C'était les provisions. Chaque mois, la même pinasse remontait le fleuve, desservant tous les petits postes, apportant le courrier et les vivres aux coupeurs de bois.

— Vous devez avoir soif. Venez à la maison.

Le jeune homme but d'abord un whisky, tira d'une sacoche une lettre pour Timar. Elle portait le timbre de France. C'était l'écriture de sa sœur. Il ne lut que quelques mots avant de la pousser dans sa poche :

Mon cher Jo,

Je t'écris de Royan où nous sommes venus passer la journée. Il fait beau, moins beau sûrement que dans le merveilleux pays où tu as la chance de vivre. Les fils Germain sont avec nous et nous ferons tout à l'heure une partie d'aquaplane...

— Rien pour moi ? questionna Adèle.

— Rien. Ah ! si. Figurez-vous que Bouilloux a eu une panne en descendant et qu'il a dû coucher dans un village indigène. Timar se tourna vivement vers Adèle qui ne rougit pas, ne se troubla pas.

— Ah ! dit-elle du bout des lèvres.

Mais, dès lors, sa gaîté fut factice.

— Que raconte-t-on là-bas ?

— Pas grand-chose.

Ils étaient dans la grande pièce en briques rouges où il n'y avait que trois fauteuils transatlantiques et une table. Au bord de la rivière, les nègres qui avaient traîné la bille d'ocoumé s'épongeaient et riaient. Constantinesco se dirigeait vers la cloche qui servait à annoncer le commencement et la fin du travail.

— A part l'affaire Thomas...

Le jeune homme hésitait à parler. Il avait l'air d'un bon garçon, un peu gauche, un peu timide. Il passait trois semaines par mois dans la pinasse avec deux nègres, à remonter et à descendre le fleuve, couchant le plus souvent sous la tente, en forêt. En France, il était commis-voyageur. Il avait la spécialité des villages reculés, où il vendait aux filles des trousseaux complets payables par mensualités. Et, au Gabon, il faisait son métier avec la même gaucherie, la même bonne humeur facile que dans les hameaux de Normandie et de Bretagne.

— On a découvert l'assassin. C'est un nègre, naturellement !

Adèle ne bronchait pas. Elle était calme. Son regard allait de Timar au voyageur.

— On l'a arrêté deux jours après votre départ, ou plutôt c'est le capita de son village qui l'a livré. Depuis lors, ce sont des palabres à n'en plus finir. Le capita a amené des témoins.

Timar, penché vers le jeune homme, avait la respiration forte.

— Ensuite ?

— Le nègre fait la bête, jure qu'il n'y comprend rien ! Comme toutes ces discussions ont

116

lieu par l'intermédiaire d'un interprète, les choses ne vont pas vite. N'empêche qu'on a retrouvé le revolver enterré dans la case ! Des témoins affirment que l'accusé courtisait la même femme que Thomas.

» A propos, qu'est-ce que je vous livre ? J'ai de l'excellente conserve de langouste. Si vous avez besoin d'essence, je peux vous en céder une vingtaine de bidons.

Timar n'écoutait plus. Il regardait Adèle, qui répliquait :

— Va pour les vingt bidons ! Et deux sacs de riz pour nos travailleurs. Vous avez des cigarettes ? Ici, je peux les vendre trois francs le paquet.

— Je vous les fais un franc par zinc de mille.

La nuit tombait. On n'apercevait presque plus la rivière. Constantinesco mettait en marche le moteur qui commandait la dynamo et les lampes se teintaient de rouge, puis de jaune.

— Avec cinq ou six zincs...

— Dites donc ! De quel village est l'homme qu'on a arrêté ?

— Voyons, Jo !

— J'ai bien le droit...

— Un petit village en aval...

Timar se leva et alla s'installer sous la véranda. Il distinguait vaguement les contours de la bille de bois qui flottait comme un bateau à l'ancre. Les nègres faisaient un feu au milieu du cercle des cases. La forêt, autour de la maison, était d'un noir d'encre, hormis le tronc blafard d'un fromager qui s'élançait droit vers le ciel.

117

Il fut certain d'entendre, de deviner plutôt, tant ses sens étaient exacerbés, un mot qu'Adèle chuchotait entre ses dents serrées, en se penchant sur le voyageur de commerce :

— Imbécile !

9

— Tais-toi, Jo, je t'en supplie ! On entend tout !

La voix n'était qu'un souffle, et Timar devinait le visage immobile, tourné vers le plafond. Il faisait noir dans la chambre. Il n'y avait qu'un rectangle plus clair : une fenêtre ouverte. Et le fromager, blanc malgré la nuit, coupait ce rectangle en deux parties inégales.

Ils étaient nus sur le lit. Quelques instants plus tôt, ils pouvaient encore entendre aller et venir le voyageur qu'on avait installé dans la chambre voisine.

— Dis la vérité !

Timar parlait sèchement, sans bouger. Il regardait le vide, ou plutôt l'obscurité qui formait ciel au-dessus de sa tête. D'Adèle, il ne sentait qu'un coude et la hanche.

— Attends demain. Quand nous serons seuls, je t'expliquerai...

— Il faut que tu parles aujourd'hui.

— Que veux-tu que je te dise ?

— Tu as tué Thomas !

— Chut !

Elle ne bougeait pas. La hanche ne frémissait pas. Ils étaient toujours immobiles, couchés côte à côte.

— Eh bien ! parle. Tu l'as tué, n'est-ce pas ?

Il attendait, la respiration en suspens, et il y eut un *oui* calme, dans le noir, près de lui.

Il se retourna d'une secousse, saisit un poignet, au hasard, en grondant :

— Tu l'as tué et tu en fais condamner un autre à ta place ! Dis ! Tu l'as tué et tu es allée dans la case pour...

— Je t'en supplie, Jo ! Tu me fais mal !

C'était un vrai cri de douleur physique car, à demi couché sur elle, il la pétrissait méchamment.

— Ecoute ! Je te jure que je t'expliquerai tout demain !

— Et si je n'ai pas besoin d'explication, moi ? Si je ne veux plus te voir, t'entendre ? Si... si...

Il s'étranglait. Plus que jamais, la sueur l'inondait et ses membres devenaient mous. Il était si furieux qu'il avait besoin de faire quelque chose, n'importe quoi, ta tuer ou donner des coups de poing dans le mur. Ce furent les coups de poing dans le mur et Adèle tenta en vain de le calmer.

— Jo ! écoute... Il y a là quelqu'un qui nous entend... Je vais te dire... Mais reste tranquille !...

Les poings meurtris, il s'arrêtait de frapper, la regardait sans la voir. Peut-être cherchait-il un autre moyen de tromper sa fureur ?

Ils étaient debout et les deux corps faisaient deux longues taches pâles dans la chambre. Ils devaient écarquiller les yeux pour distinguer leurs traits et pourtant Adèle passa un mouchoir sur la poitrine mouillée de Timar.

— Couche-toi ! Tu vas avoir une nouvelle crise.

C'était vrai. Il le sentait. Et le souvenir des jours de fièvre le calma instantanément. Il y avait une chaise dans l'obscurité et il l'attira à lui, s'assit.

— Parle ! J'écoute !

Il ne voulait pas être près d'elle, pour ne pas la martyriser à nouveau. Il tenait à rester calme, mais c'était un calme exagéré, maladif.

— Tu veux que je dise, comme ça ?...

Elle ne savait pas où se mettre ni quelle pose prendre. Elle finit par s'installer au bord du lit, à un mètre de Timar.

— Tu n'as pas connu Eugène. Il était jaloux surtout dans ces derniers temps, quand il se savait condamné...

Ce n'était qu'un murmure, à cause de la présence invisible dans la chambre voisine.

— Tellement jaloux que ça ? Et il serrait la main de Bouilloux, du gouverneur, du procureur, de tous les autres qui ont couché avec toi ? Bien qu'il ne la vît pas, il sentit que, la respiration coupée, elle avalait sa salive. A certain moment, le silence fut tel qu'on perçut au-delà de la fenêtre le grand silence vivant de la forêt. Adèle se moucha, reprit d'une voix égale :

— Tu ne peux pas comprendre. Ce n'était pas la même chose. Chez toi, j'étais venue comme...

Elle ne trouvait pas le mot. Peut-être ceux qui

lui montaient aux lèvres lui paraissaient-ils trop romantiques ? Comme une amante ?...

— Ce n'était pas la même chose ! répétat-elle. Voilà ! Thomas m'a vue sortir ! Il m'a demandé mille francs. Il en avait envie depuis longtemps pour acheter une femme. J'ai refusé. Le soir de la fête, il est revenu à la charge, et quand...

— Tu l'as tué ! articula dans l'ombre la voix rêveuse de Timar.

— Il allait parler !

— Si bien que c'est pour moi...

Avec une tranquille franchise, elle répliqua :

— Non ! Je l'ai descendu pour avoir la paix. Je ne pouvais pas deviner qu'Eugène mourrait quand même.

Et Timar faisait un effort pour garder ce calme équivoque qui l'empêchait de s'affoler. Il fixait le rectangle de la fenêtre, le tronc du fromager, écoutait le bruissement de la forêt.

— Viens te coucher, Jo !

Cela le dépassait. Il avait à nouveau envie de crier, de frapper le mur des deux poings. Elle avait avoué et elle lui demandait de venir se coucher près d'elle, contre son corps tiède et nu !

C'était tout simple ! Elle avait tué pour être tranquille ! Et lui, avec ses questions, l'empêchait de savourer cette tranquillité comme elle le méritait ! Elle n'avait pas nié, quand il lui avait parlé du gouverneur et des autres ! Seulement, ce n'était pas la même chose ! Il ne pouvait pas comprendre, comme le mari qui, lui, faisait la différence !

Il y avait des instants où il se demandait s'il

n'allait pas se lever et la battre, la battre jusqu'à épuisement.

— Et le nègre qu'on a arrêté ?

— Aimes-tu mieux que je sois condamnée à dix ans ?

— Tais-toi ! Non ! Ne dis plus rien, ne t'occupe pas de moi !

— Jo !

— Je te supplie de te taire !

Il alla s'appuyer au chambranle de la fenêtre. L'air de la nuit glaçait la sueur qui ruisselait sur son corps. Il voyait un reflet sur l'eau de la rivière, près de la bille de bois amarrée. Il y avait peut-être cinq minutes qu'il était là quand une voix dit derrière lui :

— Tu ne te couches pas encore ?

Il ne répondit pas, resta à la même place. Mais il ne pensait pas tout le temps à Adèle, ni surtout à Thomas. Son esprit vagabondait. Il se disait, par exemple, qu'il y avait des léopards non loin de lui et qu'en Europe, sur toutes les plages, c'était l'heure où l'on sortait des casinos.

Peut-être, dans certains de ces casinos, avait-on donné des films exotiques, avec des bananiers, un planteur à fines moustaches et une scène d'amour accompagnée par des musiques indigènes.

Il revenait à la bille de bois. A la saison des pluies, elle descendrait d'elle-même le courant, en même temps que tous les troncs qu'on abattrait. Des centaines de billes seraient hissées à bord d'un petit vapeur rouge et noir embossé dans l'estuaire. Elles passeraient d'abord devant le village où Adèle était entrée dans une case.

Comme ils riaient de toutes leurs dents, sans rien se dire, au bord de l'eau, le chauffeur nègre et la belle fille aux seins nus !

En somme, Eugène, de son vivant, tolérait que sa femme eût des amants, à condition que ce fussent des amants influents, pouvant servir sa fortune ! C'était clair ! D'ailleurs, n'était-ce pas leur métier, à elle et à lui ?

Il se retourna, devina les yeux ouverts d'Adèle et feignit de reprendre sa rêverie. Il avait sommeil. Il avait un peu froid. Il alluma une cigarette, par contenance.

Qu'allait-il faire ? La concession était à son nom. Il avait mis en œuvre le crédit de son oncle, les relations de sa famille.

En face de lui, dans la forêt, il devait y avoir des éléphants. Constantinesco le lui avait dit l'après-midi.

Adèle avait-elle couché avec Constantinesco aussi ? Il l'entendit qui respirait plus bruyamment, à un rythme régulier, et il en profita pour se glisser sans bruit dans le lit.

Il se trompa peut-être. Toujours est-il qu'il eut l'impression que, dès lors, elle ne respirait plus de la même façon. Elle avait feint de dormir, ou bien il l'avait réveillée et elle devait guetter son souffle. Ils ne se touchaient pas, ne se voyaient pas, mais ils se sentaient vivre. La moindre vibration était multipliée par mille.

Elle ne comprend pas ! En somme, elle agit selon son instinct et son éducation ! Et pourtant elle ne faisait jamais l'effet d'être la femme de tout le monde ! Ces étreintes ne l'avaient pas marquée, n'avaient laissé aucune trace ! En même temps que cette lassitude et cette fluidité de la chair qu'il aimait, il y avait en elle une fraîcheur surprenante.

Que pouvaient faire les éléphants, la nuit, dans la forêt ? Se promenaient-ils à la façon d'autres animaux plus petits ? Timar devait être à moitié endormi, car il entendait sa propre respiration, qui était celle d'un dormeur. Adèle tendit la main vers lui, toucha sa poitrine à hauteur du cœur.

Il ne broncha pas, ne laissa pas deviner qu'il ne dormait pas tout à fait. Puis il ne se souvint plus de rien, sinon du bruit de la cloche et de rais d'ombre et de lumière devant ses yeux.

Il souleva les paupières. Le jour était levé. On entendait passer les travailleurs qui se rendaient en forêt. De la main, Timar tâta le lit à côté de lui. Adèle n'était plus là. Le drap était déjà refroidi.

Il fut encore un quart d'heure avant de sortir du lit, à regarder le plafond, et il s'étonnait de son calme, un calme d'homme très faible, de convalescent qui a usé toutes ses forces d'un seul coup. Ses poings le faisaient souffrir. La peau avait éclaté à toutes les articulations. Il se leva enfin, passa un pantalon, une chemise, rejeta ses cheveux en arrière. Dans la salle du bas, il trouva le voyageur de commerce qui prenait son petit déjeuner, tout seul, en lisant un vieux journal.

— Bien dormi ?

Timar cherchait Adèle des yeux, ne voyait que Constantinesco, dans la cour, donnant des ordres à six nègres.

— Elle est sortie ?

Il n'avait rien à lui dire, mais elle lui manquait. Il avait besoin de la voir, fût-ce pour la regarder avec indifférence.

— Elle vous a laissé un petit mot.

A ce moment, Timar se trouvait juste en face d'un miroir accroché au mur et il s'y voyait. Il fut étonné, fier de l'immobilité de ses traits. Et pourtant, en lui, c'était le désarroi absolu.

— Un mot ?

Le voyageur lui tendit un papier, alors que Timar pensait qu'il n'avait jamais vu l'écriture d'Adèle. C'était une écriture presque droite, trop grande.

Mon Jo,

Ne t'effraie pas. J'ai dû aller à Libreville, mais je serai de retour dans deux ou trois jours au plus tard. Soigne-toi bien. Constantinesco sait ce qu'il faut faire. Surtout, essaie de rester calme, je t'en supplie.

Ton Adèle.

— Elle a pris le premier train ? questionna Timar avec une mordante ironie.

— Elle a dû partir de nuit, en pinasse, car, quand je me suis levé, il y a une heure, elle n'était déjà plus ici.

Timar n'ajouta rien. Il arpentait la pièce, le regard fixe, les mains derrière le dos.

— Vous savez, il n'y a rien de grave. C'est moi qui lui ai fait la commission. Le procureur a besoin de la voir pour en finir avec l'histoire des nègres.

126

— Ah ! c'est vous qui...

Et Timar regardait le pauvre garçon avec un dur mépris.

— Tout est arrangé ! Du moment qu'on tient un coupable, l'affaire est réglée mais, pour la forme, on est obligé de l'entendre, étant donné que c'est son revolver qui...

— Evidemment !

— Où allez-vous ?

Timar montait dans sa chambre, se rasait, s'habillait avec des gestes nets, décidés, d'une sécheresse inhabituelle. Puis il descendait et demandait au voyageur :

— Vous pouvez me louer votre pinasse ?

— C'est impossible. Ma tournée ne fait que commencer.

— Deux mille !

— Je vous jure...

— Cinq mille !

— Même pas cinquante mille ! Ce n'est pas ma pinasse, mais celle de ma société ! Si encore il n'y avait pas le courrier !...

Timar sortit sans lui adresser un regard. Un bruit de moteur venait du hangar aux machines, où travaillait Constantinesco. Couché par terre, celui-ci réglait la dynamo.

— Vous étiez au courant ? articula Timar, sans saluer.

— C'est-à-dire que...

— Bon ! Eh bien, il me faut tout de suite une pirogue et des pagayeurs. Que ce soit prêt dans quelques minutes.

— Mais...

— Vous avez compris ?

— Elle m'a dit en partant...

— Suis-je le maître ?

— Ecoutez, monsieur Timar, vous allez m'en vouloir d'insister. C'est pour vous que je le fais. Dans l'état où vous êtes...

— Et encore quoi ?

— Je dois m'opposer par tous les moyens...

Jamais Timar n'avait été aussi calme. Jamais, pourtant, il n'avait eu autant de raisons de s'affoler. Il se sentait capable d'abattre froidement le Grec d'un coup de revolver, ou de partir, tout seul dans une pirogue, si on refusait de le conduire.

— Je vous en prie ! Réfléchissez ! Tout à l'heure...

— Tout de suite !

Le soleil chauffait déjà. Constantinesco mit son casque, sortit du hangar, se dirigea vers les huttes du bord de l'eau. La pinasse du voyageur était toujours là et, un instant, Timar pensa la prendre sans rien dire. Mais pourquoi compliquer les choses ?

Le Grec s'adressait à quelques noirs groupés autour de lui. Les travailleurs regardaient Timar, puis les pirogues, puis la rivière en aval.

— Eh bien ?

— Ils disent qu'il est tard et qu'il faudra coucher en route.

— Cela m'est égal !

— Ils disent aussi qu'on ne remontera pas en moins de trois jours, à cause du courant.

Le Grec regardait Timar avec plus de pitié que d'étonnement. Il devait avoir vu des cas semblables et il suivait les progrès de la crise comme un médecin attend l'évolution d'une maladie.

— Tant pis ! J'irai avec vous !

— Jamais de la vie ! Vous resterez ici pour surveiller la concession ! Je veux que le travail continue, vous entendez ?

Constantinesco donna encore quelques ordres aux noirs, revint vers la maison au côté de Timar.

— Permettez-moi quelques conseils. D'abord, ne rien laisser boire à vos pagayeurs et, si vous voulez m'en croire, ne rien boire vous-même. En pinasse, vous avez de l'air, grâce à la vitesse mais, en pirogue, le soleil est beaucoup plus dangereux. Prenez la malle-lit, pour le cas où vous devriez coucher en brousse. Enfin...

Il était plus nerveux que son compagnon.

— Laissez-moi aller avec vous ! Vous me faites peur ! Pensez que votre arrivée va tout embrouiller ! Mme Adèle, seule, est sûre de s'en tirer, tandis que...

— Elle vous a fait des confidences ?

Constantinesco se troubla.

— Non ! Mais je connais ces histoires-là ! Je sais comment les choses se passent. Vous arrivez d'Europe. Vous voyez la vie autrement. Quand vous aurez dix ans de Gabon...

— Je m'amuserai peut-être à tuer des nègres !

— Vous y serez forcé un jour ou l'autre.

— Vous en avez tué, vous ?

— Je suis arrivé à une époque où, dans la forêt, le blanc était accueilli par des volées de flèches.

— Et vous répondiez à coups de revolver ?

— J'en ai connu un qui ne s'en est tiré qu'en lançant dans le tas une cartouche de dynamite. Avez-vous mangé ? Croyez-moi, mangez d'abord, réfléchissez...

— ... et ne partez pas ! railla Timar. Merci, mon vieux !... Vous êtes encore là, vous ?

C'était le voyageur, qui s'apprêtait à partir et qui demandait à Constantinesco :

— Pas de commission pour là-haut ?

Là-haut, c'était une rivière en amont, la forêt de plus en plus épaisse.

— A propos, je vais voir le bonhomme que vous deviez remplacer. Vous savez ? Celui qui promet des coups de fusil...

Quelques minutes plus tard, les trois blancs étaient au bord de l'eau, près de la bille d'ocoumé. Deux nègres mettaient la pinasse du voyageur en marche et l'embarcation, décrivant un arc de cercle, attaquait le courant.

Douze indigènes attendaient devant une pirogue où ils avaient mis quelques bananes, de l'huile de palme et du manioc. L'air était surchauffé. A chaque souffle de brise, on recevait une caresse brûlante. Constantinesco regardait Timar dans les yeux comme pour lui dire :

— Il est encore temps !

Et Timar allumait une cigarette, tendait son paquet au Grec.

— Merci, je ne fume pas !

— Vous avez tort.

Des mots inutiles, qu'ils prononçaient pour remplir un vide. Timar regardait la montée vers la maison, les cases indigènes toutes neuves, avec leur toit en feuilles de bananier, puis une

130

fenêtre, là-haut, en face du fromager : la fenêtre d'où, la nuit, il regardait la forêt.

— En route ! articula-t-il soudain.

Les pagayeurs, qui avaient compris, s'installaient dans la pirogue, sauf le capita qui attendait pour aider le blanc à s'embarquer. Constantinesco hésitait à dire quelque chose.

— Excusez-moi, mais... Vous n'allez pas lui faire de mal, n'est-ce pas ? Ni surtout compliquer sa situation ! C'est une femme admirable !

Timar faillit parler à son tour, en regardant durement son interlocuteur. Mais non ! A quoi bon ? Il alla s'asseoir, renfrogné, au fond de la pirogue, tandis que douze pagaies sculptées se levaient en même temps, s'enfonçaient dans l'eau.

La maison disparaissait rapidement. On n'en voyait plus que le toit de tuiles rouges, puis plus rien, sinon la cime du fromager qui dominait la forêt. Quand il avait regardé pour la dernière fois son tronc laiteux, aux angles vifs, Timar était couché près d'Adèle qui était nue, à portée de sa main, retenant sa respiration, feignant de dormir. Et il s'obstinait, lui, à ne rien dire ! Peut-être eût-il suffi d'un mot, ou seulement de remuer le bras ?

Plus tard, elle l'avait touché, avec des gestes furtifs, et il avait fait semblant de ne rien sentir.

Maintenant, il avait envie de pleurer, de dégoût, de désir, de désespoir, ou plutôt de besoin d'elle !

131

Ils étaient sur la même rivière, à trente kilomètres peut-être l'un de l'autre, elle à bord de la vedette avec le nègre, lui tassé au fond de la pirogue instable. Les douze pagaies sortaient de l'eau avec ensemble, émiettaient dans le soleil des perles fluides, restaient un moment en suspens avant de s'abaisser tandis qu'une plainte montait de la poitrine des hommes, une plainte qui était une chanson triste, toujours la même, un rythme sourd et puissant qui allait orchestrer la journée.

10

Un nègre aux dents gâtées prononçait avec volubilité une trentaine de mots. Au moment où toutes les pagaies étaient levées, il se taisait soudain et il y avait un temps d'arrêt dans la vie de la pirogue, qui ne vibrait plus.

Alors, douze voix répondaient au récitant, modulaient une mélopée vigoureuse tandis que les pagaies, par deux fois, plongeaient dans l'eau.

A nouveau le petit homme reprenait en fausset.

Le rythme était de deux coups de pagaie, exactement. Il y avait toujours le même temps d'arrêt, puis la même fureur dans la reprise du chœur.

C'était peut-être la cinq centième fois que se répétait cet exercice et Timar, le cou tendu, les paupières plissées, attendait le moment où le soliste allait psalmodier pour distinguer les syllabes. Or, il constatait que depuis près d'une heure le nègre prononçait les mêmes mots ! C'est à peine si un mot ou deux changeait. Le petit homme récitait avec indifférence, mais sur le visage de ses compagnons passaient des expressions diverses selon les couplets. On les voyait rire, s'étonner ou sourire ou s'émouvoir.

Et toujours, au moment où les douze pagaies sculptées étaient suspendues dans l'air, les douze voix éclataient avec énergie. Timar, soudain, s'étonnait en prenant conscience de ses préoccupations. Il se surprenait à observer les noirs avec une curiosité cordiale et il était calme, serein. Il en fut contrarié, comme s'il eût commis une infidélité à l'égard de quelqu'un, de lui-même, du drame qu'il vivait.

Puis il se reprit, à son insu, à examiner les indigènes un à un. La rivière avait des alternatives de courant violent et de calme. Parfois, en dépit de l'énergie des hommes, la pirogue se mettait en travers. A chaque coup de pagaie, il y avait un grand choc, une vibration partant d'un bout à l'autre de la coque et, au début, Timar en avait été incommodé. Maintenant, il y était habitué comme il était habitué à l'odeur des noirs. La plupart portaient un pagne noué autour des reins, mais trois d'entre eux étaient complètement nus.

Les nègres, de leur côté, tournés vers l'avant de la pirogue, regardaient le blanc qui leur faisait face. Ils le regardaient en chantant, en riant, quand un verset les faisait rire, d'autres fois, en maniant la pagaie d'un air farouche.

Timar se demanda s'ils le jugeaient, s'ils se faisaient de lui une idée quelconque autre qu'une idée schématique. Lui, par exemple, c'était la première fois qu'il regardait des nègres avec

134

quelque chose de plus qu'une curiosité s'adressant à leur côté pittoresque, aux tatouages ou plutôt aux véritables sculptures de la peau, aux anneaux d'argent que certains portaient dans les oreilles, à la pipe en terre qu'un autre serrait dans ses cheveux crépus.

Il les regardait, comme des hommes, en essayant de saisir leur vie d'hommes, et cela lui semblait très simple, grâce peut-être à la forêt, à la pirogue, au courant, qui les emportait comme, depuis des siècles, il conduisait à la mer des pirogues identiques.

C'était beaucoup plus simple, par exemple, que les nègres habillés de Libreville, ou que des boys comme Thomas.

Sur une photographie, le spectacle eût été pittoresque et Timar imaginait les petits cris de sa sœur et de ses amies, les sourires entendus de ses amis. C'était même une image classique de la vie coloniale : la pirogue, Timar à l'avant, en complet blanc, le casque de liège sur la tête ; sans rien lui dire, ses noirs lui avaient construit un toit en feuilles de bananier qui lui donnait, sinon de la majesté, du moins de l'importance ; puis tout le long de la pirogue, les pagayeurs nus ou demi-nus, debout l'un derrière l'autre.

Or, ce n'était même pas pittoresque ! C'était naturel, apaisant. Timar en oubliait de penser à lui et même de penser. Il enregistrait des images, des sensations, des odeurs, des sons tandis que la chaleur l'engourdissait et que la lumière l'obligeait à tenir les paupières mi-closes.

Au fond, tous ces noirs avaient surtout l'air de

135

bons garçons un peu naïfs qui poussaient des cris perçants quand la pirogue passait devant un village ou devant une simple hutte. Ils imprimaient alors à l'embarcation une vitesse vertigineuse. La pagaie brandie au-dessus de la tête, ils hurlaient tous ensemble de joie, d'orgueil, tandis que d'autres cris répondaient de la rive.

Quelque part des négrillons se jetèrent à l'eau et tentèrent une course impossible. Un des nègres, familier, dit à Timar :

— Cigarette ! Donne cigarette !

Il compléta sa pensée par le geste de jeter les cigarettes à la rivière. Timar en lança une poignée, vit de loin les gamins qui se battaient pour les conquérir, détrempées, dans un feu d'artifice d'éclaboussures, puis se hâtaient glorieusement vers la forêt.

Un grand apaisement, voilà vraiment ce qu'il ressentait, mais c'était un apaisement triste, il ignorait pourquoi. Il y avait en lui de la tendresse de reste, sans objet précis, et il lui semblait qu'il était tout près de comprendre cette terre d'Afrique qui jusqu'ici n'avait provoqué en lui qu'une exaltation malsaine.

Dans un endroit calme de la rivière, les nègres poussèrent la pirogue vers la berge et l'amarrèrent. Timar, qui était seul avec eux et qui ne pouvait leur parler, n'eut pas peur, pas même l'ombre d'une crainte. Au contraire ! il sentait que tous l'avaient pris sous leur protection, le traitaient comme un enfant qu'on leur eût confié.

Dans l'eau jusqu'aux genoux ou jusqu'à la ceinture, ils s'aspergeaient tout le corps, prenaient une gorgée d'eau dans la bouche, se gargarisaient et la rejetaient.

Timar eut envie, lui aussi, de savourer le contact de l'eau fraîche. Il se leva, mais le même homme aux dents gâtées qui avait chanté devina son idée, secoua la tête :

— Pas bon blanc !

Ce n'était pas bon pour les blancs ! Pourquoi ? Timar n'en savait rien, mais il avait confiance. Et, quand le nègre lui dit de manger, il mangea le contenu d'une boîte de pâté. Les noirs se contentaient de grignoter du manioc, des bananes. La forêt était obscure. Une seule fois les hommes tendirent l'oreille, se penchèrent en souriant, et quand Timar les regarda d'un air interrogateur l'un d'eux fit une grimace, éclata de rire et dit :

— Macaque !

On ne vit pas le singe. On ne fit que l'entendre dans les branches. On repartait. Le soleil était très haut dans le ciel. Deux ou trois fois Timar souda ses lèvres au goulot de la bouteille de whisky et il ressentit bientôt une somnolence voluptueuse.

Il voyait toujours ses pagayeurs, jouait inconsciemment à un petit jeu qui consistait à trouver des ressemblances entre eux et des gens d'Europe qu'il connaissait.

Puis, de France, sa pensée sauta à Libreville, au gouverneur, au commissaire, à Bouilloux et à Adèle. Pour longtemps, le charme fut rompu.

Il ne regarda plus rien, ferma les yeux, sentant naître en lui des velléités de crise.

C'était comme un gonflement rageur dans sa poitrine. Il avait envie de boire pour être méchant, envie de crier, de faire souffrir quelqu'un et lui-même. A un de ces moments-là, il ouvrit à demi les yeux et hurla aux nègres qui chantaient toujours la même mélopée :

— Silence ! Fermez vos gueules !

Ils ne comprirent pas tout de suite. Ce fut l'homme aux dents gâtées, qui devait posséder quelques mots de français, qui se tourna vers ses compagnons pour traduire. Il n'y eut pas une protestation. Ils se turent, simplement, en regardant toujours le blanc : douze paires d'yeux qui ne trahissaient aucun sentiment, mais qui gênaient Timar, surtout quand il voulait boire ! C'était ces gens-là qu'on abattait posément d'un coup de revolver !

Ne lui avait-on pas affirmé que tous, tant qu'ils étaient, maniaient le poison avec la même innocence ?

Au mot innocence, il ricana. Il le savoura ! Ici, on se tuait avec innocence, voilà ! Les blancs tuaient les noirs et les noirs se tuaient entre eux, s'attaquaient parfois, mais rarement, à un Européen. Sans méchanceté ! Parce qu'il faut vivre ! Et personne n'avait une tête d'assassin ! Peut-être le petit homme aux chicots en avait-il tué quelques-uns ? Avec des poils minuscules, trempés de poison, qu'on mêle à la nourriture et qui perforent peu à peu les intestins ! Ou encore en semant des épines empoisonnées devant la case de celui qui doit mourir !

138

On s'arrêtait encore. Timar se demanda pourquoi. C'était parce que le soleil avait tourné et, maintenant, lui chauffait la nuque. Deux noirs vinrent installer de nouvelles feuilles de bananier derrière lui, de façon à l'abriter. Des noirs qui avaient sans doute empoisonné aussi !

Il but davantage, mais la boisson ne lui faisait pas le même effet que les autres jours. La colère ne naissait pas, ni la nervosité. Il était couché, les yeux clos, et il remuait tristement des pensées.

Quand la nuit tomba, seulement, il revint à la réalité. L'obscurité gagnait le ciel comme une tache d'huile, sans qu'on jouît de la détente d'un crépuscule. On était dans une partie de rivière sans courant. Le fleuve était large, l'eau noire autour de la pirogue et surtout sous les arbres des rives. Quelque part, très loin, résonnait un tam-tam et les hommes, qui n'osaient plus chanter parce que le blanc l'avait défendu, se contentaient d'un « han » étouffé à chaque effort.

C'était inutile de demander où on était. Personne ne comprendrait et, de toute façon, Timar ne comprendrait pas la réponse. Où dormirait-il ? Qu'était-il venu faire ici ? Adèle lui avait promis de revenir dans deux ou trois jours. Pourquoi n'avoir pas attendu dans la maison, où du moins il y avait un autre blanc ?

Que ferait-il à Libreville ? Il n'en savait absolument rien. Au fond, il n'avait pas voulu être traité en enfant, il avait peur d'être considéré comme complice et enfin il était jaloux ! Surtout cela ! Qu'est-ce que Bouilloux était venu faire à la concession ? Pourquoi Adèle avait-elle menti ?

L'inquiétude renaissait. Il but une gorgée d'alcool tiède et son estomac en fut soulevé au point qu'un instant il pencha la tête par-dessus bord.

La nuit enveloppait la pirogue de tous côtés et les hommes ne pagayaient plus avec le même ensemble. Ils y mettaient de la fièvre. Parfois deux pagaies s'entre-choquaient. Et, au lieu de fixer le blanc, les regards erraient souvent sur la forêt jusqu'au moment où, d'un grand élan, la pirogue fut poussée contre la rive où elle pénétra dans les buissons.

Ce ne fut qu'une fois à terre que Timar reconnut l'endroit. On était au village même où, quand ils avaient monté la rivière, en pinasse, il y avait le marché, le village où Adèle avait pénétré dans la case d'un noir et où elle avait mangé deux bananes.

Il y avait un feu au milieu de la clairière que les huttes entouraient. Des ombres étaient accroupies, Timar n'osait pas s'avancer, attendait ses compagnons et surtout l'homme aux dents gâtées qu'il considérait comme son guide naturel.

Les nègres du village ne se levaient pas, se contentaient de tourner la tête vers le grouillement qu'ils percevaient au bord de la rivière. On tirait de la pirogue la malle-lit et les provisions de Timar. Trois pagayeurs portaient le tout au centre du village et le petit homme faisait signe au blanc de le suivre.

Il y eut très peu de paroles échangées. Vingt mots au plus ! Le nègre malingre ouvrait la porte des cases, jetait un coup d'œil à l'intérieur sans que les occupants eussent l'idée de protester. De l'une des huttes, il fit sortir une vieille femme qui, quelques jours auparavant, était accroupie devant un étal du marché.

On déposa la malle-lit et les provisions dans cette case. Le nègre lança dehors les nattes indigènes et dit gravement, en montrant le décor :

— Bon ! Bon ici !

Sur quoi il s'en alla sans bruit, laissant Timar seul au milieu de la case éclairée. On ne pouvait tenir debout qu'au centre. Il régnait une forte odeur de fumée, car un feu avait dû rester allumé toute la journée et les cendres étaient encore chaudes.

Pendant une dizaine de minutes, Timar eut à lutter contre la malle-lit dont il ne connaissait pas le mécanisme et qu'il n'arrivait pas à monter. Il y parvint enfin et se dirigea vers l'entrée de la hutte, resta debout, à fumer une cigarette. Ses pagayeurs avaient rejoint les gens du village autour du feu. Tout le monde achevait de manger. On ne distinguait que des silhouettes près des plats de terre où chacun puisait avec la main du manioc bouilli.

Quelqu'un parlait sans cesse, avec la même volubilité que le chanteur de la pirogue. D'ailleurs, c'était peut-être lui, car la voix était identique. Il prononçait quatre ou cinq phrases très vite, des phrases qui se ressemblaient toutes. Puis il se taisait et, au lieu du refrain des pagayeurs, c'était un long rire qui montait dans l'assemblée.

Est-ce de Timar qu'on parlait ? Il le crut un moment, observa quelques visages mieux éclairés par le feu et conclut qu'on ne devait parler de rien ! Il eût juré que l'homme édenté disait des mots sans suite, pour dire des mots, et que tous se grisaient de cette musique et de leur propre rire. Ils s'amusaient comme des enfants qui parlent éperdument sans s'inquiéter du sens de leurs paroles.

Il régnait une bonne odeur de bois brûlé, d'épices que Timar ne connaissait pas, et aussi l'odeur sourde des nègres. Or, c'était celle-ci, maintenant, qui le troublait.

Il n'avait pas faim. Il ne voulait pas ouvrir une boîte de conserve et se contentait de boire parfois une gorgée d'alcool, puis de fumer une cigarette. Tout le monde devait le voir, se découpant en blanc sur le trou sombre de la case, mais on ne le regardait pas et il en était mortifié, presque triste.

— Cigarette ? cria-t-il en en lançant une vers le nègre le plus proche.

Il en avait trouvé vingt paquets dans la malle-lit où Constantinesco avait dû les mettre. Le noir ramassa la cigarette, se leva, indécis, éclata de rire en la montrant aux autres. Une vieille femme se tourna à son tour, encore hésitante, tendit les deux mains.

Timar jeta tout un paquet et les ombres rampèrent, se bousculèrent, tandis que les plus audacieux se levaient et accouraient, les mains tendues, en riant et en criant. Il y avait des hommes et des femmes. Timar les sentait tout contre lui, qui le frôlaient. Il se tenait sur la pointe des pieds, tendait les bras au-dessus des têtes.

Il y avait des gamines aussi, aux petits seins à peine formés, parmi la masse mouvante d'où montait une odeur de plus en plus forte. Mais Timar ne regardait qu'une négresse, la belle fille qui, l'autre jour, avait ri au bord de l'eau avec le mécanicien de la vedette.

Elle était tout près de lui, moins hardie que les plus jeunes, et son regard suppliait de lancer les cigarettes de son côté.

Timar le fit trois fois de suite. Chaque fois les cigarettes étaient happées au vol, ou bien roulaient dans la poussière et dix négrillons se battaient parmi les jambes.

Elle avait des seins larges et durs. Ses hanches, comme celles d'un adolescent, étaient moins évasées que le torse, mais le ventre avait encore la rondeur d'un ventre d'enfant. Ils se regardaient, elle et lui, à travers cette effervescence. Elle suppliait et il ne pouvait que sourire.

Le dernier paquet de cigarettes fut lancé dans sa direction. Timar cria :

— C'est fini ! Je n'en ai plus !

Mais on continuait à tendre les mains autour de lui et ce fut l'édenté qui dut expliquer que le blanc n'avait plus rien à donner. Aussi vite que le groupe s'était approché, il recula. L'instant d'après, tout le monde était accroupi autour du feu. Des lèvres épaisses s'arrondissaient autour des cigarettes et les noirs regardaient avec orgueil la fumée qu'ils rejetaient. Souvent la même cigarette servait pour trois ou quatre personnes.

Timar était seul devant sa hutte. Il fut sur le point de se coucher, mais le souvenir de la jeune négresse le poursuivait, non comme un désir brutal mais comme un besoin de tendresse. Il s'assit sur un banc très bas. Il avait oublié de se garder des cigarettes pour lui-même. Des femmes, traînant des bébés, pénétraient dans les cases où l'on n'entendait bientôt plus aucun bruit. On ne remettait pas de bois sur le feu et les pagayeurs furent les premiers à s'éloigner. Où allaient-ils dormir ? Timar n'en savait rien. Cela lui était égal. Il cherchait des yeux la fille qui avait disparu et il se demandait à quel moment elle avait quitté ses compagnons, vers quelle hutte elle s'était dirigée. Il était toujours calme, toujours triste, d'une pesante tristesse d'animal. Il ne restait que cinq ou six silhouettes autour du feu et on ne parlait plus. Il regarda à gauche, puis à droite.

Et soudain il frémit. Sa négresse était là, debout dans l'ombre, appuyée à la cloison de la case voisine, tournée vers lui. Avait-elle deviné son désir ? Etait-elle amoureuse ou simplement docile, parce qu'il était un blanc ?

Bouilloux, sans doute, se fût contenté de lui montrer la case du doigt et de l'y suivre. Timar n'osait pas, n'osait pas davantage s'approcher. Il se sentait gauche et d'ailleurs il n'était pas encore décidé à l'appeler.

Il s'était simplement levé. Or, voilà qu'elle s'avançait, pas à pas, prête à reculer s'il ne voulait pas d'elle. Il resta sur le seuil de la case, laissant assez de place pour passer et, d'un mouvement machinal de la main, lui montra le chemin.

Elle entra vivement chez lui, s'arrêta, la poitrine haletante, sans qu'un des noirs, autour du feu, se fût retourné. Il hésita à fermer la porte, n'osa pas. Et il ne savait que dire, puisqu'elle ne comprendrait aucun des mots qu'il prononcerait !

Elle ne le regardait plus. Elle fixait le sol, comme une jeune fille d'Europe, avec les mêmes pudeurs, à la seule différence près qu'hormis une petite touffe d'herbes au-dessus du sexe elle était nue. Il lui tapota l'épaule. C'était la première fois qu'il touchait volontairement de la chair de nègre. La peau était lisse. Il sentait vivre les muscles.

Il feignit de chercher des cigarettes, en sachant bien qu'il n'en trouverait pas. Il voulait lui donner quelque chose. Dans la malle-lit, il n'y avait plus rien, qu'une gourde thermos. Il tâta ses poches. Sa main rencontra sa montre, qui était un cadeau de son oncle. Elle était retenue par une chaîne qu'il détacha soudain et qu'il tendit à la jeune fille.

— Pour toi !

Il était angoissé. En se retournant, il constata qu'il n'y avait plus de nègre autour du feu. Qu'allait-il faire ? Comment allait-il s'y prendre ? Voulait-il la posséder ? Il n'en savait rien ! Sa gorge était sèche. Et la négresse restait là, tenant la chaîne d'or dans le creux de sa main.

Il revint vers elle, caressa à nouveau l'épaule, laissa glisser sa main, tout doucement, jusqu'au sein dont elle fit le tour.

Elle ne l'encourageait pas, ne le décourageait pas. Elle regardait la chaîne.

— Viens !

Il l'entraîna vers l'étroit lit formé par la malle ouverte et par des tringles déployées. Elle le suivit.

— Est-ce que... ?

Il voulait lui demander si elle était vierge, car cela l'eût retenu, mais elle ne pouvait pas comprendre.

— Assieds-toi !

Et pesant sur ses deux épaules il la forçait à s'asseoir au bord du lit, puis, au comble de l'embarras, allait souder ses lèvres au goulot de la bouteille de whisky.

D'un geste brutal, il ferma enfin la porte sans loquet de la case.

11

Un premier incident mit Timar de mauvaise humeur. On franchissait un rapide. Les pagayeurs, surexcités, donnaient leur effort maximum, la bouche ouverte à la fois par un rire muet et par le besoin de respirer. La vitesse était impressionnante. Les hommes regardaient des remous qu'on apercevait au tournant et qu'ils voulaient traverser d'un élan.

Or, sur la route qu'on devait suivre, une branche d'arbre suivait le fil de l'eau et ses feuilles lui donnaient l'air d'un îlot. L'embarcation pouvait encore s'écarter. Les noirs, au contraire, par jeu, se penchèrent tous d'un bord et nagèrent avec frénésie.

Douze paires de gros yeux brillaient d'une joie enfantine, fixant tantôt la branche d'arbre tantôt les remous, tantôt l'homme blanc. Les pagayeurs voulaient passer à ras des branches, pour donner à Timar et se donner à eux-mêmes un frisson.

Une partie de l'arbre défila le long du bord, mais on n'était pas au bout qu'un heurt se produisait et que la pirogue était en partie soulevée hors de l'eau.

Timar n'avait pas eu le temps de se lever, ni de se rendre compte de ce qui se passait. Il n'y avait rien de grave. La barque avait heurté une branche noyée et elle n'avait pas chaviré complètement car les indigènes, avec ensemble, avaient rétabli l'équilibre.

Elle n'en était pas moins à moitié pleine d'eau et Timar assis dans le liquide.

Il se fâcha, soudain, cria des injures que les nègres ne pouvaient comprendre. Il s'emporta d'autant plus qu'il était piteux, mouillé, sali.

Il n'avait plus de cigarettes et c'était encore un motif de mauvaise humeur. Enfin, le matin, en s'éveillant dans la case indigène, il s'était rappelé qu'une négresse avait partagé son lit. Elle n'était plus là, sans qu'il pût dire à quel moment elle était partie.

Accompagné de ses hommes, il s'était dirigé vers la pirogue qui attendait. Les vieilles du village étaient au bord de l'eau avec les enfants et la fille que Timar avait possédée était parmi eux, n'osant pas se distinguer des autres, s'approcher, lui adresser un geste.

Il avait été sur le point de s'arrêter, puis il avait changé d'avis et avait pris sa place au bout de la pirogue tandis que les noirs s'installaient, pagaie en main, les uns derrière les autres.

La fille était toujours là, dans le feuillage clair. Elle reculait insensiblement, pour se détacher du groupe. Elle le regardait.

Les douze pagaies s'enfoncèrent dans l'eau et, d'un seul coup, la pirogue fut à cinquante mètres, en plein courant. Alors seulement Timar eut l'impression que la négresse levait le bras, ou plutôt qu'elle l'écartait du corps, mais de dix centimètres à peine, en un geste d'adieu inachevé.

On avait quand même, au cours de la collision, fendu légèrement le bois de l'embarcation et, maintenant, un homme devait sans cesse vider l'eau, de ses deux mains réunies.

Timar le regarda faire longtemps avant de prendre une boîte de conserve qui lui restait, de l'ouvrir et d'en verser le contenu dans la rivière afin de donner le zinc au noir.

Du coup, les douze paires d'yeux le fixèrent avec un étonnement sans borne. Les nègres savaient qu'une boîte de pâté coûte douze francs, à peu près ce qu'ils gagnaient en quinze jours. Celui qui se servit de la boîte vide comme d'une écope ne pouvait se lasser du plaisir d'agiter le métal brillant dans l'eau irisée par le soleil et les autres l'enviaient. Timar ne pensait déjà plus à eux. A mesure qu'on approchait du but, il était repris par ses préoccupations. Adèle avait dû arriver la veille à Libreville, sans doute vers le milieu de l'après-midi, car la vedette avait profité du courant. Où avait-elle dormi ? Avec qui avait-elle dîné ? Que faisait-elle depuis le matin ?

Pendant les premières heures de route, il avait encore pensé à la jeune négresse. Quand le soleil gagna l'autre moitié du ciel, son esprit était tout imprégné d'Adèle et surtout des souvenirs de leur dernière nuit, alors qu'ils étaient couchés côte à côte, dans l'obscurité, regardant l'un et l'autre le plafond, faisant semblant de dormir, mais s'épiant de tous leurs sens tendus.

Il mangea une banane. Il ne savait pas à quelle heure on arriverait et il ne put faire entendre cette question au bonhomme édenté. Les heures étaient longues. Deux fois il fit arrêter la pirogue pour qu'on arrangeât son abri de feuillage. Une autre fois il gronda :

— Qu'attendez-vous pour chanter ?

Les nègres ne comprenaient pas et il entonna leur chant de la veille. Alors ils se regardèrent, libérés d'un grand poids, et le pagayeur malingre commença un couplet plus long et plus volubile que ceux que Timar connaissait.

Il n'écouta pas. Après cinq minutes, il ne se rendait même plus compte que le chant continuait. Pourquoi Bouilloux était-il venu à la concession et pourquoi Adèle était-elle partie sans annoncer son voyage ?

Il dormit deux ou trois fois, mais chaque fois pendant très peu de temps. C'était plutôt un engourdissement pénible produit par la chaleur et par la réverbération. Enfin le soleil sombra derrière les arbres et il y eut un court crépuscule, avec un semblant de fraîcheur, une lumière moins brutale rendant aux choses leur couleur. Un quart d'heure plus tard, la nuit était complète et on n'était pas encore à Libreville. Timar était furieux, plus furieux encore du fait qu'il ne parvenait même pas à questionner les hommes.

On naviguait depuis une heure dans l'obscurité quand on vit pointer un feu vert et un feu rouge. Plus haut, dans le ciel, scintillait une lueur qui n'était pas une étoile. En même temps, on perçut la musique d'un phonographe et des bruits précipités sur un plancher.

La masse du cargo se dessina tout près de la pirogue qui filait toujours, atteignait l'embouchure de la rivière, là où Timar en avait vu un autre qui chargeait des billes de bois. Le disque était fini. On oubliait d'arrêter le mécanisme et on entendait jusqu'au grincement de l'aiguille.

Un phare s'alluma, éblouissant. Son pinceau fit quelques dessins sur l'eau avant de trouver la pirogue et de la suivre. Cela partait de la passerelle du capitaine. Trois hommes, accoudés à la rambarde, regardaient passer l'embarcation où il y avait un blanc.

— Ohé ! cria une voix.

Timar ne répondit pas, il n'aurait pu dire pourquoi. Il resta dans son coin, renfrogné, sursauta au moment où la pirogue franchissait la barre et commençait à tanguer.

Devant lui, c'était l'océan, à droite des lumières en rang, un quai comme tous les quais du monde, comme un vrai quai d'Europe, et des phares d'auto qui filaient dans la nuit.

On accosta la plage de sable à l'endroit où chaque matin se tenait le marché, parmi les pirogues des pêcheurs. Sur le quai passaient des nègres habillés comme des blancs, d'autres en costume arabe, et Timar avait l'impression de rentrer d'un très long voyage.

La lumière électrique assombrissait le rouge de l'allée et, par contraste, la verdure était d'un vert de faïence, tout le paysage ressemblait à un décor de théâtre, surtout si on regardait les cocotiers dont les feuilles, éclairées par en dessous, se découpaient sur le ciel d'un noir velouté.

En outre, il y avait des bruits, des voix, des pas, des grincements, des gens qui passaient et qu'on ne connaissait pas, une auto dont les occupants ne se demandaient même pas quel voyageur surgissait ainsi de la nuit.

Les trois nègres qui étaient nus se faisaient avec un chiffon un semblant de ceinture tandis que les autres hissaient la pirogue sur le sable et que Timar restait indécis. Devait-il donner aux noirs l'ordre de rentrer dans la concession ? ou bien les garderait-il à sa disposition ? Comment les nourrir, les loger ? S'y retrouveraient-ils dans une ville ? Il s'approcha du petit homme édenté, fit un effort pour s'expliquer :

— Toi pouvoir coucher ici ?

Et il mettait une main sur sa joue, inclinait la tête, fermait les yeux. Le nègre sourit, esquissa un geste d'apaisement.

— Voir madame ! dit-il.

Il irait voir madame ! Il savait que c'était elle qui comptait ! Timar était un passager ! Dans la hiérarchie des êtres, il ne prenait place qu'en qualité de protégé de madame. Ce n'était pas même un vrai colon, puisqu'il ne parlait pas le langage indigène et qu'il n'avait pas tiré les canards qui avaient survolé la pirogue ! Il avait distribué des cigarettes ! Il n'avait battu personne ! Il n'avait pas désigné les endroits où l'on devait s'arrêter ! C'était un amateur, un passant !

— Moi, voir madame !

Timar lui tourna le dos, gagna la route éclairée par des globes électriques. A cause de l'accident de pirogue, ses pantalons étaient sales, fripés. Il avait en outre une barbe de trois jours. Une auto passa au moment où Timar se trouvait dans le cercle lumineux d'un candélabre et il entendit le bruit du moteur qu'on ralentit. A travers la glace, un visage se pencha ; il reconnut le commissaire de police, qui continua sa route mais se retourna par deux fois.

Il n'y avait pas trois cents mètres à parcourir pour atteindre l'hôtel. Dans un coin d'ombre, une négresse en pagne bleu riait en se frottant contre un indigène très bien habillé. La femme était un peu grasse, comme toutes celles de la ville. Ses cheveux crépus formaient un échafaudage compliqué et elle avait perdu le respect du blanc qui est de règle dans la forêt et dans la brousse. Pendant que Timar passait, elle le regarda sans mot dire, mais, à peine était-il à cinq mètres, qu'elle éclatait d'un nouveau rire.

Ce n'était que de tout petits détails. Pourtant ils affectaient Timar, car ils venaient s'ajouter à toutes ses raisons de mauvaise humeur.

A l'hôtel, on faisait de la musique. On jouait un disque hawaïen qu'il avait entendu cinquante fois et les billes de billard s'entrechoquaient.

Il s'arrêta un instant avant d'entrer, les sourcils froncés, et donna machinalement à sa silhouette une allure menaçante. Mais personne ne s'en aperçut. Un coupeur de bois et le clerc à gros ventre jouaient au billard et lui tournaient le dos, le cachaient en partie à quatre autres personnes assises autour d'une table, près du phono, penchées les unes sur les autres comme des gens qui ont des choses importantes à se confier. L'horloge marquait onze heures. Derrière le comptoir, il n'y avait personne. Le clerc, en reculant, le heurta, se retourna.

— Tiens ! c'est vous, jeune homme !

Et Timar sentit de la gêne dans cette exclamation.

Hé ! vous autres...

Tout le monde le regarda, sans étonnement exagéré, mais avec une contrariété marquée. Il faisait figure de gêneur. Des coups d'œil s'échangeaient. Bouilloux, qui était parmi les quatre causeurs, se leva, vint au-devant de lui et s'écria avec une fausse gaîté :

— Par exemple ! pour une surprise...

Mais l'arrivée de Timar était précisément la chose qu'il prévoyait et qu'il craignait le plus.

— Vous êtes donc venu en avion ?

— En pirogue !

L'autre émit un petit sifflement admiratif.

— Qu'est-ce que vous buvez ?

Timar lui avait serré la main à regret, parce qu'il n'osait pas feindre de ne pas voir son geste. Les joueurs continuaient leur partie de billard. Quelqu'un changea le disque du phono.

— Vous avez dîné ?

— Non... Oui... Je n'ai pas faim...

— Je parie, en tout cas, qu'il y a quelques jours que vous n'avez pas pris votre quinine, mon vieux ! Il n'y a qu'à regarder vos yeux !

Le ton était familier, réjoui, mais l'attitude compassée. Le borgne, de la table où ils n'étaient plus que trois, regardait Timar d'un air tragique et brusquement Maritain, qui était là, se leva, serra les mains en hâte.

— Je vais me coucher. Il est tard.

Cela ressemblait à une fuite, comme s'il eût craint un drame et qu'il eût préféré n'en pas être témoin. C'était la première fois que Timar était ainsi le centre de l'attention générale, dans une situation un peu théâtrale. Il était le personnage qu'on ménage parce qu'on en a peur et cela lui fit penser qu'il avait un revolver dans sa poche.

— Venez trinquer avec moi !

Bouilloux l'entraînait vers le comptoir, passait de l'autre côté, remplissait deux verres de calvados.

— A votre santé ! Asseyez-vous !

Timar se hissa sur un des hauts tabourets, vida son verre d'un trait en laissant peser son regard sur son compagnon. On ne parviendrait pas à le leurrer ! Il savait que, derrière son dos, les joueurs de billard ne jouaient plus que pour la frime et qu'à droite, près du phono, la conversation n'était qu'un semblant de conversation.

Pour tout le monde, une seule chose importait : lui et Bouilloux, ou plutôt la lutte qui s'engageait entre lui et le patron de l'hôtel.

— La même chose ! dit-il en tendant son verre vide.

Et Bouilloux eut une courte hésitation ! Il avait peur ! Si bien que Timar exagérait son air sombre, méchant, exagérait aussi la sécheresse de son attitude, feignait une assurance qu'il n'avait pas.

— Adèle ?

Et l'autre, la bouteille de calvados à la main, jouait toute une comédie pour gagner du temps.

— Toujours aussi amoureux ? Ha ! Ha ! Ce que vous devez être bien là-bas, tous les deux, loin des gêneurs !

C'était faux, archi-faux !

— Où est-elle ?

— Où est-elle ? C'est à moi que vous demandez où elle est ?

— Elle n'est pas à l'hôtel ?

— Pourquoi serait-elle à l'hôtel ? A votre santé ! Dites donc, combien de temps avez-vous mis pour descendre la rivière en pirogue ?

— Peu importe ! Donc, Adèle n'est pas venue à l'hôtel ?

— Je ne dis pas ça ! Pour ce qui est d'être venue, elle est venue, mais elle n'est pas ici pour le moment.

Timar lui avait pris la bouteille des mains et se servait une troisième fois. Il se tourna soudain vers les joueurs de billard qu'il surprit, immobiles, l'oreille tendue.

— A toi ! Un beau quatre bandes, dit vivement le clerc.

Jamais Timar n'avait été aussi nerveux et aussi lucide à la fois. Il se sentait capable de tout, des gestes les plus extravagants, mais qu'il accomplirait de sang-froid. Son regard revint vers Bouilloux, un regard plus lourd. Il se croyait terrible et il ne pouvait savoir qu'il donnait l'impression d'un malade rongé par la fièvre. C'était cela, c'était cette anémie, ce désarroi nerveux qui effrayait les coupeurs de bois au point que Bouilloux prit les deux verres.

— Viens par ici, mon petit ! On va causer.

Il l'entraîna dans un coin du café où ils pouvaient parler sans être entendus, posa la bouteille et les verres sur la table, y mit les deux coudes et tendit une main vers la main de Timar.

Les clients qui étaient encore à l'autre table s'en allèrent en grommelant :

— A demain, Louis ! Bonsoir tout le monde !

On entendit leurs pas sur le chemin. Il ne resta que les joueurs de billard qui apportaient dans leur jeu une activité anormale.

— Sois calme ! Ce n'est pas le moment de faire des bêtises.

Le ton était protecteur, mais si humain qu'il rappela à Timar la voix de certains prêtres de son adolescence.

— Nous n'allons pas nous jouer la comédie. On est des hommes, tous les deux.

Il surveillait le visage de son compagnon, trempait les lèvres dans son verre mais reprenait la bouteille que Timar avait saisie.

— Pas maintenant !

Les masques nègres étaient à leur place sur les murs aux tons de pastel. Il n'y avait rien de changé dans le café, sinon qu'Adèle, en robe de soie noire, le visage grave, n'était plus derrière le comptoir, plongée dans ses comptes ou bien, le menton sur les mains repliées, regardant droit devant elle avec indifférence.

— C'est demain que l'affaire passe aux assises ! Tu comprends ?

Son visage était tout près de celui de Timar. Un drôle de visage ! Vu ainsi, de tout près, ce n'était plus la tête de brute qu'on était habitué à imaginer et Timar, une fois de plus, évoqua certain confesseur qui avait l'habitude de parler sur ce ton bourru.

— Tout est arrangé ! Il ne faut pas qu'Adèle soit inquiétée ! Seulement, pour ça, on a dû prendre un tas de précautions.

— Où est-elle ?

— Je te dis que je n'en sais rien ! On ne doit pas parler de toi aux assises. Il vaudrait même mieux qu'on ne sache pas que tu es à Libreville. Tu ne saisis pas ? Adèle est une bonne petite, qui ne mérite pas de faire huit ou dix ans de dur.

C'était hallucinant : Timar entendait les mots, les comprenait, mais il avait l'impression de comprendre en même temps à travers les mots, comme s'ils eussent formé une grille !

Adèle est une bonne petite ! Voilà comment ils en parlaient ! Et ils avaient couché avec elle, parbleu ! C'étaient des copains, tout ça, c'était la même bande dont il était devenu, lui, le gêneur !

Comme un gosse en colère qui ne veut rien entendre, il répéta :

— Où est-elle ?

Bouilloux faillit se décourager, but son verre

et oublia d'empêcher Timar de s'en remplir un autre.

— Ecoute ! Entre blancs, ici, on se tient. Ce qu'elle a fait, c'est qu'elle devait le faire. Ça ne sert à rien de discuter là-dessus ! Je te répète que tout est arrangé, que tu n'as plus qu'à attendre et à avoir confiance...

— Est-ce que, quand vous étiez son amant...

— Mais non, mon garçon, mais non !

— Vous m'avez dit...

— Ce n'est pas la même chose ! Il faut essayer de comprendre, car la situation est grave ! J'ai dit que j'avais couché avec Adèle ! Et d'autres aussi ! Cela n'a aucun rapport !

Timar éclata d'un rire strident.

— Aucun rapport, je le répète ! Et c'est pourquoi je ne permettrai pas, maintenant...

Il vit le visage, soudain pâli, les poings serrés de son interlocuteur et se hâta de poursuivre :

— Dans la vie, il y a des nécessités. Adèle, à cette époque-là, avait Eugène derrière elle. Tu n'y es pas encore ? La preuve que ce n'est pas la même chose, c'est que pour ces histoires-là Eugène n'a jamais été jaloux ! Il savait ce qu'il y avait à faire.

Timar riait mais n'était pas bien sûr de ne pas sangloter soudain d'humiliation.

— Nous autres, ceux d'ici, et les grands patrons comme le gouverneur et compagnie, c'était pour elle comme qui dirait une politesse, une nécessité du métier...

Bouilloux devenait plus dur, presque menaçant.

— J'ai connu Adèle pendant dix ans ! Eh

159

bien ! avec toi je crois bien que c'était la première fois. Et, si je l'avais su avant, j'aurais tout fait pour l'empêcher, voilà !

Il atteignait à un ton passionné.

— C'est une chance qu'Eugène soit mort cette nuit-là, car je suis sûr que cela aurait tourné mal. Tu ne comprends pas encore ? Il faut mettre les points sur les *i* ? Foi de Bouilloux, je te dis ceci : Adèle est dans le pétrin ! C'est un miracle qu'elle s'en soit à moitié sortie, pas encore tout à fait, puisque c'est demain que l'affaire se décidera. Alors je répète que nous sommes ici quelques-uns qui ne permettront pas... Il se tut. Peut-être sentait-il qu'il allait trop loin ? N'était-ce pas le visage de Timar qui l'effrayait, un visage pâle, que la fièvre marquait de plaques rouges, avec deux yeux luisants, des lèvres pourpres ? Et des doigts trop fins qui tremblaient sur la table !

— Ça ne sert à rien de se dire des méchancetés. Adèle sait ce qu'elle fait.

Les billes du billard s'entrechoquaient toujours et les deux hommes tournaient consciencieusement autour du tapis vert.

— Voilà ! Elle tire son plan ! Demain soir, tout sera fini ! Elle pourra retourner là-bas avec toi. Quant à savoir si elle a eu raison de quitter Libreville et tout, c'est elle seule que ça regarde.

— Où est-elle ?

— Où elle est ? Je n'en sais rien ! Et personne ici n'a le droit de le lui demander, tu entends ? Toi moins qu'un autre. Où elle est ? Peut-être en train de faire l'amour pour sauver sa tête !

Bouilloux se tourna brusquement vers le boy immobile à l'angle du comptoir.

— Ferme tout !

Puis il s'adressa aux joueurs.

— Filez, vous autres !

C'était lui qui se fâchait. Timar ne savait que répondre. Sa main se crispait, tant il avait envie de saisir son revolver. On entendit le bruit des volets que l'on fermait ; les pas des deux derniers clients.

Bouilloux debout, presque aussi animé que Timar, regardait celui-ci de haut en bas, le dominant de sa masse.

— Si elle a besoin de ça pour la sauver, sa tête, est-ce toi qui vas te mêler de...

Ses poings serrés étaient prêts à s'abattre et Timar, de son côté, pensait sérieusement à tirer.

Mais non ! la brute s'humanisait, se faisait cordiale, tapotait l'épaule du jeune homme.

— Vois-tu, mon petit, il ne faut pas se faire des idées ! On va aller se coucher, gentiment ! et demain soir tout sera fini, vous vous en irez tous les deux là-bas, chez vous, où vous pourrez vous aimer à votre aise...

Timar se versa un dernier verre d'alcool, qu'il vida d'une lampée. Il gardait son air trouble, inquiétant, mais quand Bouilloux le poussa vers l'escalier il se laissa faire.

— C'est une femme devant qui on doit tirer son chapeau ! disait derrière lui la voix du coupeur de bois.

Timar ne sut jamais qui lui avait mis un bougeoir à la main, ni comment il était arrivé dans sa chambre où, en se jetant sur le lit tout habillé, il arracha la moustiquaire.

Il devait se souvenir seulement qu'il avait pleuré, à gros sanglots convulsifs, puis qu'il s'était réveillé en sursaut au moment où la bougie usée s'éteignait, et qu'alors il avait étreint l'oreiller à pleins bras, comme si c'eût été Adèle.

12

Le tribunal, comme le cimetière, sentait l'improvisation, le laisser-aller, le mépris des traditions et c'est pourquoi, sans doute, Timar pensait à l'enterrement d'Eugène Renaud.

Il n'y avait ni moulures, ni boiseries sombres, ni rien qui donnât au décor la solennité nécessaire. La grande pièce nue eût pu aussi bien servir de factorerie. Les murs étaient crépis à la chaux. Quatre baies s'ouvraient sur la véranda où deux cents nègres au moins, des nègres habillés de la ville et des nègres nus de la forêt, se serraient les uns contre les autres, les uns debout, d'autres assis par terre.

A l'intérieur, il n'y avait pas de chaises, ni de bancs pour le public, pas de box pour l'accusé, rien de ce qui fait qu'un tribunal est un tribunal. Une simple corde séparait les officiels de la foule, mais presque tous les blancs étaient admis dans l'enceinte réservée.

De l'autre côté de la corde, il y avait les nègres, les Espagnols, les Portugais, enfin quelques Français, qui, comme Timar, venaient d'arriver.

A la table couverte d'un tapis vert devait officier le président du tribunal. Etaient-ce ses assesseurs qui étaient assis à ses côtés ? Etait-il juge unique ? Celui qui écrivait était à coup sûr le greffier. Mais qu'est-ce que le procureur et le commissaire de police faisaient là, assis sur des chaises à fond de paille, jambes allongées ? Et tous ces autres que Timar ne connaissait pas et qui avaient trouvé à s'asseoir ?

Les fenêtres étaient ouvertes et les nègres de la véranda se profilaient, immobiles, dans la lumière. Tous les blancs portaient le complet de toile et, par crainte de la réverbération, la plupart gardaient le casque sur la tête.

On fumait. On se mettait à l'aise.

Timar, perdu parmi les noirs, cherchait des yeux Adèle et fut longtemps avant de la découvrir.

Il ne s'était endormi qu'au matin. Bouilloux, avec intention sans doute, avait omis de l'éveiller et, quand il avait ouvert les yeux, dix heures sonnaient. Il était descendu sans se raser, n'avait trouvé qu'un boy dans la maison et il était accouru, les joues sales, vêtu de son complet fripé. Il n'avait pas pris de café. Il avait foncé dans la foule noire, dans la chaleur du tribunal, et il lui avait fallu longtemps pour s'habituer à l'atmosphère, pour tout voir, pour tout comprendre.

Les blancs, sans exception, étaient accablés par la chaleur. Au premier rang, devant la corde, un indigène demi-nu, au visage grossier de nègre de brousse, récitait une sorte de complainte monotone, s'accompagnant parfois d'un geste timide de sa main à la paume rose tandis que ses pieds nus restaient au garde-à-vous.

Quelqu'un l'écoutait-il ? Les blancs bavardaient entre eux. De temps en temps le président se tournait vers les fenêtres, criait quelque chose, et les grappes de nègres de la véranda reculaient pour venir peu après s'agglutiner à nouveau.

Timar ne comprenait pas les paroles de l'indigène. Il ignorait qui il était. Mais maintenant il apercevait, non loin du procureur, la robe noire d'Adèle et une partie de son profil. Elle ne l'avait pas encore vu. Elle adressait des signes d'intelligence à quelqu'un. Le nègre psalmodiait toujours, dévidait des phrases d'une voix lamentable. Au mur, il y avait une grosse horloge blafarde comme on en trouve dans tous les locaux administratifs. Les aiguilles avançaient par saccades. Un boy se fraya un chemin jusqu'au président, posa un plateau avec des verres, un siphon et une bouteille. Les hommes de la table prirent encore le temps de boire sans écouter le noir. Adèle venait d'apercevoir Timar et, aussi pâle que l'horloge, la respiration suspendue, elle le regardait de loin, tandis qu'il la fixait méchamment.

L'odeur des nègres entassés était forte. Timar n'avait encore rien bu, rien mangé. Il sentait monter en lui un vertige, d'autant plus fort qu'il devait rester debout et même, s'il voulait voir, se hisser sur la pointe des pieds.

— C'est bon ! déclara soudain le président en

regardant l'horloge qui marquait dix heures quarante-cinq. Silence !

Le noir ne comprit pas, mais se tut d'instinct.

— Traduis-nous ce qu'il a raconté !

Ceci s'adressait à un autre nègre, en pantalon blanc, en veston noir, qui portait un faux col de celluloïd et des lunettes. C'était l'interprète, qui avait une voix grave et sourde comme un lointain tonnerre.

— Il dit comme ça qu'il n'a jamais vu Thomas, étant donné qu'ils ne sont pas du même village, et qu'il ne savait même pas que Thomas existait.

Cette phrase, à elle seule, mit trois minutes à sortir de la gorge de l'interprète. Le président cria :

— Plus haut !

— Il dit que c'est à cause des chèvres qu'il a réclamées à son beau-frère, parce que sa femme était partie avec un homme de l'autre village. C'était sa première femme, une des filles du capita, et elle racontait partout...

Personne n'écoutait. Timar n'avait, pas plus que les autres, le courage de suivre le fil embrouillé du discours dont, par surcroît, un mot sur deux lui échappait. Il regardait Adèle. Il se demandait où et avec qui elle avait passé la nuit.

Etait-elle encore nue sous sa robe ? Un homme avait-il vu ses cuisses émerger peu à peu de la soie noire, ses cuisses très blanches, son ventre souple, ses seins un peu fluides ?

— ... On n'a jamais voulu lui rendre la chèvre et...

166

Du coup, quatre nègres parlaient à la fois, dans leur dialecte, interpellaient l'indigène, s'interpellaient entre eux. Ils avaient des voix aiguës et l'accusé, vêtu d'un chiffon qui lui servait de cache-sexe, les regardait tour à tour avec effarement.

Cette scène, pour peu qu'on restât quelques secondes sans la suivre attentivement, perdait tout caractère de réalité, devenait un cauchemar saugrenu, une parodie loufoque. Sur la table à tapis vert il y avait du whisky. Les blancs s'offraient des cigarettes, parlaient d'autre chose.

Bouilloux était parmi eux, ainsi que trois coupeurs de bois et le clerc. Ils formaient une classe à part entre les officiels et les nègres et se tenaient debout près d'une fenêtre, à hauteur de la corde. Bouilloux cria le premier :

— Assez !

D'autres blancs répétèrent :

— Assez !

Le président agita une sonnette grêle, un jouet d'enfant plutôt qu'un accessoire de tribunal.

— Il nous reste à entendre la femme Amami. Où est la femme Amami ?

Des mains poussèrent celle-ci, à travers la foule de noirs, depuis le seuil où elle se trouvait jusqu'à la corde. C'était une vieille négresse. Ses seins pendaient. Elle avait sur la poitrine et le ventre des tatouages en relief et son crâne était rasé.

Elle resta là où on l'abandonna, sans rien dire, sans rien voir, et un travail inconscient commença dans l'esprit de Timar. Il la voyait de profil, puis de demi-profil, et il évoquait la fille qu'il avait possédée dans le village de la rivière. Les traits n'étaient-ils pas les mêmes, et aussi la ligne des épaules et des hanches ? Celle-ci n'était-elle pas la mère de l'autre ?

Dans ce cas, l'accusé, c'est-à-dire le petit homme qui avait tant parlé à vide, était le père ?

Alors Timar rapprochait la vision glorieuse de la fille au corps lisse, aux lignes pleines, du pitoyable spectacle que donnait le couple. Ils étaient les moins habillés. La peau de la vieille avait un aspect terreux.

Ils se tenaient à un mètre l'un de l'autre. Timar surprit un coup d'œil qu'ils échangeaient et comprit qu'ils ne savaient plus où ils étaient, ni ce qu'ils faisaient, ni surtout pourquoi tout le monde leur en voulait. Le mari surtout, qui avait le nez camus et de petits yeux rougeâtres, promenait autour de lui, par à-coups, un regard dansant qui frisait la folie.

Personne n'y prenait garde. Au même instant, Timar constatait que Bouilloux le regardait avec intention, esquissait même un mouvement de la tête pour signifier, moitié prière, moitié menace :

— Tranquille, hein !

C'était maintenant la voix de la femme qui montait, régulière, comme si toutes les syllabes eussent été d'égale valeur, et tout en parlant elle nouait et dénouait son pagne étroit. Pour se donner de l'assurance, elle fixait un point précis du mur, à côté de l'horloge, là où il y avait la tache d'une mouche écrasée.

A une fenêtre, Timar reconnut le chef de ses pagayeurs qui lui adressa un large sourire. La chaleur s'intensifiait. C'était une vraie buée qui montait des corps, corps de blancs et corps de nègres, sueur fade des uns et sueur âcre des autres se mêlant au relent des pipes et des cigarettes.

Parfois quelqu'un se dirigeait sans bruit vers la sortie, revenait un peu plus tard après avoir couru jusqu'à l'hôtel pour se désaltérer.

Timar avait chaud, soif et faim, mais il tenait bon car ses nerfs étaient bandés à fond. Il cherchait sans cesse le regard d'Adèle qui fuyait le sien tandis qu'elle écoutait l'histoire que quelqu'un, là-bas, un blanc inconnu, lui murmurait à l'oreille. Elle restait pâle, les yeux cernés.

Il rageait et il en avait pitié, il y avait en lui des sentiments contradictoires qu'il était incapable de démêler. Par exemple, l'idée qu'elle avait passé la nuit avec un autre lui donnait à la fois l'envie de l'exterminer et de la serrer tendrement dans ses bras en pleurant sur leur sort à tous deux !

Il percevait la voix de la négresse qu'on laissait parler longuement, peut-être par paresse, pour reculer le moment de prendre une décision. Il voyait son crâne rasé de vieille femme, ses longs seins. Elle avait les jambes grêles, les genoux un peu rentrés.

Elle parlait sans jamais reprendre haleine, butant sur les syllabes, avalant sa salive, avec la volonté farouche de se faire comprendre et de convaincre. Elle n'employait pas les moyens des blancs, n'essayait pas d'être émouvante. A aucun moment sa voix ne montait d'un ton. Et, au lieu de pleurer, de s'évanouir, elle mettait son point d'honneur à rester d'une rigidité de statue.

D'humain, il n'y avait que l'accent, le timbre de la voix, cet accent de diacre indifférent, ces syllabes qui se ressemblaient toutes et qui, quand on n'y prenait garde, ne formaient plus qu'un murmure aussi confus que le bruit de la pluie sur les vitres.

Timar en serrait les poings d'énervement. Cela lui faisait mal comme certaines complaintes que chantent encore les nourrices de campagne. C'était un envoûtement, une musique nostalgique et terrible, toujours sans que bougeât un seul trait du visage, et de plus en plus, à travers ce visage, il croyait revoir l'autre, plus jeune, tourné vers lui au moment où la pirogue quittait le village, puis le mouvement du bras qui avait à peine osé se soulever.

D'autres images accouraient en foule et il était surpris par leur précision. Les douze paires d'yeux des indigènes braqués sur lui tandis que les pagaies s'élevaient et s'abaissaient et qu'un chant qui ressemblait, lui aussi, à une complainte montait dans l'air épais... Et la mine de chien battu de tous ces hommes quand, la veille, ils avaient heurté la branche noyée et que Timar s'était fâché.

Il avait mal à la poitrine. Peut-être la faim ou la soif ? A force de se tenir sur la pointe des pieds, il avait des tremblements dans les

170

genoux. L'idée lui vint tout à coup de crier à son tour :

— Assez ! qu'on en finisse !

Par hasard, au même instant, le président agitait sa ridicule sonnette. La femme, qui ne comprenait pas, élevait la voix d'un ton pour se faire entendre quand même. Elle ne voulait pas se taire ! L'interprète parlait et elle montait d'un ton encore, sans un geste, mais d'une voix de désespoir.

Cela ressemblait au *Parce Domine* que, dans les églises, aux jours de catastrophe, on clame trois fois, sur des tons différents, les voix s'élevant toujours.

Maintenant, c'était une voix de tête. La vieille parlait plus vite. Elle voulait tout dire ! Tout !

— Faites sortir !

Et d'autres noirs, habillés par les soins des blancs d'uniformes bleu sombre, coiffés d'une chéchia, des policiers, entraînèrent la femme à travers la foule. Savait-elle au juste pourquoi on l'avait fait venir et pourquoi soudain on l'obligeait à sortir ? Elle ne se débattait pas, elle continuait son discours, toute seule !

Timar croisa le regard d'Adèle et sentit naître en elle une véritable panique. Il ne devina pas que c'était à cause de son visage à lui ! Toutes les fatigues, sa maladie, tous les efforts, toute la chaleur, tout, absolument tout se marquait sur sa face tourmentée, d'une pâleur morbide. Et deux yeux de fièvre, dont le regard ne se fixait plus sur rien, allaient d'un nègre à un blanc, de l'horloge à la tache du mur.

La sueur qui l'inondait était froide. Il respirait

mal, et pas plus qu'il ne pouvait fixer son regard il ne parvenait à fixer sa pensée. Or, il sentait qu'il avait besoin de penser, un besoin urgent, impérieux.

— Répétez-nous en bref ce qu'elle a dit. En bref ! C'était magnifique ! En bref !

— Elle dit que ce n'est pas vrai.

L'interprète était sûr de lui, pénétré de son importance. Il y eut des murmures derrière les fenêtres et le président cria en agitant la sonnette :

— Silence ! Ou je fais mettre tout le monde à la porte !

Deux autres noirs s'avançaient, d'eux-mêmes, vers la place que les témoins avaient l'habitude d'occuper et le président, déjà calmé, se penchait, les coudes sur la table.

— Tu parles français, toi ?

— Oui, monsieur !

— Qu'est-ce qui t'a fait penser qu'Amami a tué Thomas ?

— Oui, monsieur !

Il prononçait :

— *Oui... Sié...*

Ces deux-ci étaient les témoins à charge. Timar comprenait tout. Il faisait mieux que comprendre, maintenant, il reconstituait, phase par phase, les événements ! Pendant qu'il regardait la belle fille nue, au village, Adèle pénétrait dans la case du capita, lui offrait une grosse récompense s'il trouvait un coupable parmi ses hommes et lui remettait le revolver qu'elle avait apporté.

C'était si simple ! Le capita choisissait le per-

172

sonnage qu'il aimait le moins, un noir qui avait épousé sa fille et qui avait osé réclamer la dot quand elle l'avait quitté. Il y avait entre eux une histoire de chèvres et de houes ! Cinq houes ! Cinq morceaux de fer ! Deux autres nègres venaient témoigner, deux hommes à qui on avait promis quelque chose. Ils voulaient gagner leur argent.

— Oui, monsieur !

— Mais je ne te demande pas ça ! Quand as-tu eu l'idée qu'Amami a tué Thomas ?

— Oui, monsieur !

Et le président, excédé :

— Interprète, traduisez la question.

Ils échangèrent en langage indigène des phrases et des phrases. Il fallut les arrêter et l'interprète, imperturbable, de traduire :

— Il dit qu'Amami a toujours été considéré comme un bandit !

C'était à hurler d'énervement. Amami était resté là, alors qu'on avait fait sortir la femme. Il regardait ses accusateurs avec hébétude, essayait parfois de parler, mais on le faisait taire. Il ne comprenait plus. Il se noyait.

Est-ce vraiment sa fille que Timar avait prise ? Il rougissait maintenant à l'idée qu'elle était vierge et qu'il l'avait possédée quand même, rageusement, avec, l'espace d'une seconde, le sentiment qu'il se vengeait de l'Afrique entière.

— C'est bien ce revolver qu'ils ont trouvé dans sa case ?

Le président montrait le revolver à barillet. Timar sentait le regard d'Adèle fixé sur lui, et trois autres regards : celui de Bouilloux, celui du borgne, celui du clerc adipeux.

Il ne comprit pas, car il ne pouvait se voir, pourquoi Bouilloux, en dépit de la gravité du moment, entreprenait de fendre la foule de noirs pour s'approcher de lui.

Il ne savait pas que même les nègres, ses voisins, le regardaient avec un étonnement craintif. Sa respiration était sifflante comme celle d'un grand fiévreux. Il serrait ses mains l'une dans l'autre en faisant craquer les os.

— Ils affirment tous deux que c'est bien le revolver qu'ils ont trouvé. Tout le monde a déposé dans le même sens. Aucun blanc n'est venu au village depuis le crime.

Le nègre au nez camus observait l'interprète avec une suppliante angoisse. Lui aussi ressemblait à la fille et, comme sa femme, il avait une peau grise, terreuse.

Le coupeur de bois et le clerc regardaient Bouilloux qui traversait la foule et approchait du but. De l'autre côté de la corde, du côté officiel, le procureur se penchait vers Adèle et ils parlaient tour à tour, à voix basse, en regardant Timar. Une main serra soudain le bras de celui-ci, la main de Bouilloux. Une voix dit :

— Attention !

Attention à quoi ? A qui ? Ce fut une sensation affolante. L'espace de quelques secondes, Timar s'incorpora au pauvre nègre, au type à moitié nu qui se débattait dans cette foule, encerclé, traqué, submergé par elle.

Lui aussi, on le traquait ! On lui envoyait

174

Bouilloux pour le mater ! Les doigts de fer du coupeur de bois lui pénétraient dans le bras !

Adèle le regardait. Le procureur le regardait. Le président lui-même levait les yeux avec inquiétude, comme s'il eût senti une menace dans l'air, mais il se contentait de boire une gorgée de son whisky.

Est-ce que, à la même seconde, le nègre avait les mêmes réflexes, les mêmes angoisses ? Sentait-il que tout était contre lui et qu'il allait être broyé comme si tous ces corps, les noirs et les blancs, se fussent avancés en cercle jusqu'à l'étouffer ? Toujours est-il qu'il commença à parler dans le tumulte, à parler pour lui seul, d'une voix aiguë, à répéter son histoire que personne n'avait voulu entendre.

Alors, les nerfs à nu, en dépit de Bouilloux qui lui cassait le bras, en dépit du regard d'Adèle, en dépit du procureur qui lui adressait un sourire, Timar hurla, hurla littéralement, dressé sur l'extrême pointe des pieds, le visage ruisselant mais exsangue, la gorge si serrée que les mots lui faisaient mal :

— Ce n'est pas vrai ! Ce n'est pas vrai ! Il n'a pas tué ! C'est... Tant pis ! Tout cela devait finir ! Il était temps !

Il sanglota :

— C'est elle ! Et vous le savez bien !

D'un effort, Bouilloux lui tordait le poignet, le renversait dans la foule des jambes et des pieds de nègres où il s'affala.

13

Il ricana, dit à mi-voix :

— Evidemment ! Ça n'existe pas !

Deux passagers se retournèrent et il les regarda sans sourciller, haussa même les épaules, car c'étaient encore des fonctionnaires. Le paquebot, qui venait de rentrer ses chaloupes, quittait lentement la rade de Libreville. Timar était assis au bar, à l'arrière du pont des premières. Soudain, il se dressa d'une détente. Il venait de se rendre compte qu'il voyait pour la dernière fois la ligne jaune de la plage, la ligne plus sombre de la forêt et les toits rouges, les cocotiers en panache.

Il avait le regard aigu, les traits agités, mais c'était devenu une habitude de grimacer, d'étreindre ses doigts longs, de parler à mi-voix, pour lui-même, sans souci des gens.

— Au fait, m'a-t-on conduit à la gare ?

Il savait qu'il disait une bêtise, qu'il n'y a pas de gare à Libreville et qu'on l'avait laissé s'embarquer seul, sans que personne, sur le quai, agitât un mouchoir. Mais le mot gare lui convenait, parce qu'il évoquait le départ, la gare de La Rochelle, sa mère et sa sœur.

Il était très fatigué. Tout le monde le lui avait répété. C'était arrivé à la suite de la bagarre. Jamais, jusque-là, Timar n'avait fait de scandale, surtout sur la voie publique, car il était bien élevé, de caractère plutôt doux.

Seulement, quand Bouilloux lui avait tordu le bras, au milieu des gens qui s'agitaient par grappes, il avait compris qu'on lui en voulait et il avait frappé, au hasard. Voilà ce qui était arrivé. Les nègres et les blancs étaient mélangés. Le tas grouillant avait échoué dans la rue, et Timar avait reçu des coups de talon à la figure. Il n'avait plus son casque. Il saignait. Le soleil le brûlait.

Il avait vu des bagarres, mais il n'y avait jamais participé. D'habitude, il s'en écartait, alors que cette fois-ci il en était le noyau. Et il constatait que les coups font moins de mal qu'on le croit, qu'il ne faut aucun courage pour se battre. Tout le monde était contre lui ? Il frappait tout le monde. Il frappa jusqu'à ce que, sans savoir comment, il se retrouvât dans l'ombre du commissariat de police.

Il reconnut les rais d'ombre et de lumière, la table où on servait le whisky. Il était assis sur une chaise et le commissaire, debout, le regardait d'une façon particulière, qui étonna Timar au point qu'en se passant la main sur le front il balbutia :

— Je vous demande pardon. Je ne sais pas bien ce qui est arrivé. Ils m'en voulaient.

Et il esquissa un sourire poli. Le commissaire

ne souriait pas, continuait à l'observer avec une curiosité froide.

— Vous voulez boire ?

Il eût parlé de même à un nègre ou à un chien, et il ne lui servit que de l'eau, recommença à faire les cent pas dans la pièce.

Timar voulut se lever.

— Restez !

— Qu'est-ce que nous attendons ?

C'était encore un peu flou. Il n'en eût pas fallu beaucoup plus pour que cela fût tout à fait irréel.

— Asseyez-vous !

On ne se donnait pas la peine de répondre à sa question et à nouveau l'effleura l'idée d'un complot ourdi contre lui.

— Entrez, docteur ! Vous allez bien ? Vous savez ce qui s'est passé ?

Le commissaire désigna Timar d'un coup d'œil. Le médecin parla à mi-voix :

— Que va-t-on faire ?

— Il faudra bien l'arrêter. Après un tel scandale...

Le docteur, s'adressant à Timar, grommelait avec la même froideur que le policier :

— C'est vous qui avez fait ce chahut ?

En même temps, il soulevait la paupière de Timar, la laissait retomber, tâtait le pouls, cinq secondes à peine, regardait le jeune homme des pieds à la tête et grognait :

— Ouais !

Puis il se tournait vers le commissaire :

— Vous venez un moment ?

Ils chuchotèrent, dans la véranda. Quand le

commissaire revint, il se grattait le front et il appela aussitôt un boy :

— Demande-moi le gouverneur au téléphone.

Puis, dans l'appareil :

— Allô ! Comme nous le pensions, oui ! Je le fais conduire ? Même si ce n'était pas cela, il n'y aurait rien d'autre à faire, à cause de l'état d'esprit des coupeurs de bois. Vous serez là-bas ?

Il prit son casque, dit à Timar :

— Vous venez ?

Et Timar le suivit, étonné lui-même de sa docilité. Il n'avait plus aucune réaction. Jamais il n'avait imaginé pareille lassitude, pareil vide de ses membres et de sa tête. Il entra derrière le commissaire dans la cour de l'hôpital et il ne se demanda pas pourquoi on l'y amenait. L'auto du gouverneur était déjà arrivée. Dans une chambre très propre, beaucoup plus propre que celles de l'hôtel, on trouva le gouverneur lui-même, qui évita de serrer la main que Timar lui tendait.

— Je ne sais pas, jeune homme, si vous vous rendez compte de ce que vous avez fait.

Non ! A parler franc, il se rendait et il ne se rendait pas compte. Il s'était battu ! Il se souvenait d'un nègre et d'une négresse qui psalmodiaient quelque chose dans une salle surchauffée et d'Adèle qui le regardait de loin en essayant de l'impressionner.

— Vous avez de l'argent ?

— Je crois que j'en ai encore à la banque.

— Dans ce cas, je vais vous donner un

conseil. Il y a un bateau dans deux jours, le *Foucault*, qui rentre en France. Partez avec lui !

Timar commençait à se débattre. Il articula, en faisant un effort pour être digne :

— Je voudrais vous parler de cette histoire d'Adèle.

— Un autre jour ! Couchez-vous.

Ils étaient partis, le commissaire et le gouverneur aussi froids, aussi méprisants l'un que l'autre. Timar avait dormi. Il avait eu une forte fièvre et des douleurs intolérables dans la tête. Il répétait à l'infirmier :

— C'est ce sale petit os, tout en bas du crâne !

Maintenant, il était à bord. Il n'y avait pour ainsi dire pas eu de transition. Le commissaire était venu deux fois dans sa chambre. Timar lui avait demandé s'il pourrait voir Adèle.

— Mieux vaut pas !

— Qu'est-ce qu'elle dit ?

— Elle ne dit rien !

— Et le docteur ? Il prétend que je suis fou, n'est-ce pas ? Cela l'ennuyait. Il se rendait compte qu'il avait l'air d'un fou, mais il avait conscience de ne pas l'être. Il esquissait des grimaces de fou ! Il avait des gestes de fou ! Parfois même, dans sa tête, se bousculaient des pensées confuses de fou !

— Ça n'existe pas !

Non ! Il en était sûr ! La preuve, c'est qu'il était calme ! Il fit ses malles, tout seul ! Il remarqua que ses costumes blancs avaient été égarés et il les réclama, car il savait qu'à bord, jusqu'à Ténériffe, tout le monde s'habille en blanc.

Sur la jetée, seul avec les porteurs, à sept

heures du matin, il ricana, se tourna vers la route rouge bordée de cocotiers se découpant sur le ciel et il proféra :

— Ça n'existe pas !

Cela existait, évidemment, mais il se comprenait ! De même qu'il comprenait que tout cela n'était qu'un état passager. C'est pourquoi il n'en avait pas honte.

Il avait pris place dans la vedette. Brusquement, la tête enfouie dans les mains, il avait murmuré :

— Adèle !

Il serrait les dents. A travers ses doigts, il voyait sourire les nègres. La mer était calme.

C'était fini ! Maintenant, on ne voyait plus l'Afrique.

Le barman s'approcha de lui.

— Vous avez appelé ?

— Une orangeade !

Et, dans un bref échange de regards, Timar devina que le barman, lui aussi, le prenait pour un fou. On avait dû prévenir les autorités du bord.

— Ça n'existe pas !

Un train... Quel train ?... Ah ! oui, le train de La Rochelle, et sa sœur qui agitait un mouchoir...

Il réfléchissait, assis dans un fauteuil de rotin. Il était habillé de noir, car on n'avait pas retrouvé ses vêtements coloniaux. Au fond, cela lui faisait plaisir d'être différent des autres passagers. Il y avait beaucoup d'officiers, trop d'officiers.

— Trop de galons ! grogna-t-il.

182

Et trop de fonctionnaires ! Trop d'enfants qui couraient sur le pont-promenade !

Qu'est-ce que cela lui rappelait ? Ah oui ! Adèle ! Elle était toujours en noir aussi ! Seulement, elle n'avait pas d'enfant et elle était nue sous sa robe. Tandis que la négresse était nue sans robe !

Il se souvenait très bien ! De tout ! Il était beaucoup plus malin qu'on le croyait ! On avait voulu condamner le père de la négresse ! Timar l'avait sauvé et tout le monde s'était mis d'accord pour le battre.

Parce que c'était une conspiration ! Tous en étaient ! Le gouverneur aussi, et le procureur, et les coupeurs de bois ! Tous couchaient avec Adèle, naturellement !

Des gens en blanc faisaient dix fois, cent fois le tour du pont pour tuer le temps.

— Tuer ? Ça n'existe pas !

Et soudain Timar s'arrêtait de penser ou plutôt de penser si vite. Il restait en suspens. Il se voyait lui-même, en noir, le casque sur la nuque, attablé au bar du paquebot. Il rentrait en France !

Il avait dû recevoir des coups sur la tête. Il avait failli devenir fou. On le croyait fou. Mais cela ne durerait pas, il le sentait ! Il le sentait même si bien qu'il reculait le moment de guérir, de penser pour de bon, tout le temps !

C'était un petit truc à attraper. Il pensait tout haut. Il fermait à moitié les yeux et les images se mêlaient, déformées comme quand on rêve.

La nuit tombait. Des gens, à la table voisine, des fonctionnaires, évidemment, jouaient à la belote et buvaient du pernod. Comme à Libreville ! Chez Adèle ! Il avait appris à jouer à la belote ! Ce n'est pas difficile !

Déjà un autre soir... Oui, c'était quelques semaines plus tard... Un peu avant d'arriver à la concession... Dans la vedette... Eh bien ! il avait eu une crise... Il s'était débattu... Il avait frappé... On l'avait couché dans un lit...

Adèle était étendue, nue, à côté de lui. Ils s'épiaient. Chacun faisait semblant de dormir, mais c'était Timar qui s'était endormi et elle en avait profité pour filer. Quand il s'était réveillé, plus d'Adèle !

La petite négresse était vierge.

— Ça n'existe pas !

Des gens passaient toujours, entre autres un jeune lieutenant qui gardait son casque sur la tête, bien que le soleil fût couché. Un capitaine qui jouait à la belote lui lança :

— Peur du coup de lune ?

Timar se retourna d'un bond. Ça, c'était un mot qu'il avait déjà entendu, quelque part, pendant qu'il dormait ou qu'il se démenait ! On l'avait prononcé avec la même ironie et c'est pourquoi il fixa le capitaine d'un air agressif, comme s'il eût exigé une explication ou des excuses.

Il y eut un bref conciliabule à voix basse. Les joueurs se levèrent.

— On va s'habiller ?

Et Timar, debout sur le pont, les suivit d'un regard méfiant.

Au dîner, seul à une table, il fut très calme. De temps en temps seulement, il ricanait, parce que des gens le regardaient avec une curiosité apitoyée, et il faisait exprès de prononcer des bouts de phrases à mi-voix.

Il y avait une jeune fille que cela amusait, et cela amusait Timar de la voir se cacher derrière sa serviette pour pouffer.

C'était sans importance ! Il le savait si bien ! Comme la marée ! A une heure déterminée, il faut fatalement que la mer se retire, même si elle semble en furie. C'est mathématique !

Ainsi les images devenaient toujours moins floues, moins enchevêtrées. Sauf la nuit ! Deux fois, il cria, assis sur sa couchette, inondé de sueur, les membres tremblants, et il chercha Adèle à tâtons.

Mais ce n'était plus la même chose. C'était la nuit ! Et Adèle n'était pas là. Ou plutôt elle était là et il ne pouvait pas la toucher, la saisir, pétrir ses seins blancs.

En outre, la négresse était dans le lit, inerte et résignée. Il fallait arranger cela, prendre une décision, peut-être partir avec Adèle, très loin...

Afin qu'on ne parle plus ! Pas d'Afrique ! Pas de Gabon ! Pas de billes d'ocoumé ! Qu'on donne la bille aux nègres et que Constantinesco tire son plan !

Seule Adèle comptait, dans les zébrures d'ombre et de lumière, dans le lit moite. Puis il tendrait l'oreille, quand elle serait en bas, et il entendrait le boy aller et venir en balayant tandis qu'elle ferait ses comptes au bar.

Ce fut le médecin du bord qui l'éveilla, un

jeune homme stupide, qui croyait nécessaire de jouer la comédie.

— On me dit que nous sommes du même pays. Alors...

— D'où êtes-vous ?

— De La Pallice !

— Ce n'est pas le même pays !

Hein ! trois kilomètres d'écart, mais trois kilomètres c'est toujours ça ! Sans compter qu'il avait une tête d'idiot et de gros yeux à fleur de tête. Ce qu'il voulait connaître, c'était l'état de Timar. Eh bien ! il était calme.

— Vous avez passé une bonne nuit ?

— Très mauvaise !

— Il est évident que si vous aviez besoin d'un médicament quelconque...

— Ça n'existe pas !

Qu'on lui fiche la paix ! C'est tout ce qu'il demandait ! Il n'avait besoin de personne ! Il n'avait surtout pas besoin de médecin. Il était plus intelligent que tous les médecins du monde !

Et même plus intelligent que lui-même avant ! Car, maintenant, il avait des antennes ! Il devinait des choses trop subtiles pour la plupart des hommes. Il devinait tout, même l'avenir, même la visite que ferait, à La Rochelle, dans leur petite maison de la rue Chef-de-Ville, le docteur de la famille qui, lui aussi, afficherait un sourire cordial :

— Alors, mon vieux Joseph, comment ça va-t-il ?

Et la mère, et la sœur, et tout le monde

186

inquiet. Et le docteur qui, dans le corridor, chuchoterait en sortant :

— Du repos. Cela se passera ! Parbleu ! Et on le dorloterait. On lui reparlerait de sa cousine Blanche, de Cognac, qui surgirait un dimanche avec une nouvelle robe rose !

Entendu ! Il l'épouserait, parbleu ! Pour avoir la paix ! Il accepterait la place dont on lui avait déjà parlé, aux raffineries de pétrole ! C'était justement à La Pallice ! Dans le quartier où, à cent mètres de la mer, on a dressé en rang de hideuses maisons ouvrières ! Il aurait, lui, une maison plus grande, avec un jardin, « genre villa » ! Et une moto ! Il deviendrait très calme, très gentil ! Jamais, il n'en avait eu tant envie ! Peut-être même accepterait-il de faire des enfants ?

Les gens qui le croisaient, sur le pont-promenade ou au salon de musique, ne pouvaient deviner qu'il avait des antennes, et ils se retournaient, étonnés, parlaient bas.

— Et puis après ?

Le plus beau, oui, vraiment le plus beau de tout, c'était le moment où les douze pagaies se levaient en même temps et où, un dixième de seconde, les douze nègres retenaient leur souffle, leurs douze paires d'yeux braqués sur le blanc, puis émettaient un « han » profond.

Et les douze pagaies s'enfonçaient dans l'eau, les ventres se creusaient, les muscles jouaient ; il y avait sur la peau de nouvelles perles de sueur et des perles d'eau qui jaillissaient autour de la pirogue !

Mais ce n'était pas la peine de le dire ! On ne

comprendrait pas ! Surtout à son bureau de La Pallice ! Surtout Blanche, qui était une jolie fille.

— Ça n'existe pas !

Il rencontra le regard amusé du barman qui l'apostropha :

— Ça va, monsieur Timar ?

— Ça va !

— Vous descendez à terre, à Cotonou ?

— A terre ? Ça n'existe pas !

Le barman lui souriait d'un sourire complice :

— Je vous sers une orangeade ?

— Une orangeade, oui. Au fait ! Ne m'ont-ils pas interdit le whisky ? Le whisky, ça n'existe pas !

Mais il se répétait sans conviction. Il y avait des moments, comme ça, où il était tout à fait calme, tout à fait froid, et où il voyait les choses sous un jour cru.

Il ne le fallait pas ! Pas encore ! Ou alors... Peut-être, par exemple, serait-il capable de se jeter soudain par-dessus bord ! Et il ne le fallait pas non plus !

L'étrave écartait doucement la soie gris-bleu de la mer. Il y avait de l'ombre, à la terrasse du bar. Un matelot repeignait en rouge l'intérieur des manches à air.

Timar se promettait d'être aimable ! Avec Blanche et avec tout le monde à La Rochelle et à La Pallice ! Il verrait des bateaux partir pour l'Afrique. Et des jeunes gens ! Et des fonctionnaires !

Mais il ne dirait rien ! Rien du tout ! Certaines fois, seulement, la nuit, il aurait son coup de lune, sa crise, comme on dirait, qui l'aiderait, dans le vide du lit, à retrouver la chair trop blanche d'Adèle et la lourde atmosphère, et l'arrière-goût de sueur, et l'odeur des pagayeurs noirs, pendant que sa femme, en chemise de nuit, lui préparerait une tisane.

Des gens se retournaient encore sur son passage. Or, il était si calme, il enchaînait les idées si nettement, avec un tel sang-froid, qu'il éprouva le besoin de les brouiller un peu, ne fût-ce que pour la galerie, et qu'il dit à voix haute, en guettant les visages de ses petits yeux fiévreux et ironiques :

— L'Afrique, ça n'existe pas !

Pendant un quart d'heure encore, il répéta en arpentant le pont consciencieusement :

— L'Afrique, ça n'existe pas ! L'Afrique...

Composition réalisée par JOUVE

IMPRIMÉ EN ALLEMAGNE CHEZ ELSNERDRUCK
Dépôt légal Éditeur : 30150-02/2003
LIBRAIRIE GÉNÉRALE FRANÇAISE - 43, quai de Grenelle - 75015 Paris.
ISBN : 2 - 253 - 14299 - 9